KB195760

이 겨울 사라질 너에게

휴대전화 소설 대상 수상작가
**이누준 장편소설**

# 이 겨울 사라질 너에게

김진환 옮김

**알토북스**

차례

# 오늘 밤, 내가 사라진다

"전부 다 틀렸어! 내가 이렇게 말하는 이유가 뭔진 알아?"

상사인 야마자키 미카 팀장이 기획서를 책상 위로 거칠게 내던졌다. 퇴고를 거듭하여 완성한 내 노력의 결정은 오늘도 마지막까지 읽히지도 못한 채 가치가 없다는 판정을 받고 말았다.

"…죄송합니다."

기어들어 가는 목소리밖에 내지 못하는 내가 한심했다.

"이유를 말해 보라니까?"

아까보다 목소리를 높인 미카 팀장이 나를 쏘아보았다.

그녀만 정답을 아는 퀴즈다. 대답을 하든 못 하든 똑같은 전개가 펼쳐질 게 뻔했다. 틀리면 혼나고 답을 맞힌다 해도 "그럼 왜 그렇게 안 하는데?"라고 소리 지를 게 뻔했다.

그러기에 결국 자기 자신의 분노만 더 증폭시키는 질문일 뿐 그 효과가 내게서 드러날 일은 없다.

미카 팀장은 짧은 머리를 쓸어올리며 내게 보여주듯 한숨을 쉬었다. 30대 중반의 미카 팀장은 오늘도 검은색 정장을 걸친 채 나를 비난하고 있다.

내가 이런 식으로 데스크에 불려오는 건 일상다반사였다.

다들 이쪽으로 신경을 잔뜩 곤두세우고 있을 테지만 차마 시선까진 돌리진 못하고 있는 것도 안다. 오래된 건물에 자리 잡은 천장이 낮은 사무실에는 무거운 공기 속에서 키보드를 두드리는 소리만 무기질적으로 울려 퍼졌다.

"죄송합니다."

"내가 지금 죄송하다는 말을 듣고 싶어서 이러는 것 같아?"

미카 팀장은 내가 아닌 다른 직원들 들으라고 떠드는 것처럼 목소리를 더욱 키웠다.

"이쿠타 씨. 내가 분명히 기획 자체를 재검토하라고 지시했을 텐데. 수정하라고 한 적은 없잖아?"

"네."

고개를 끄덕이기는 했지만 정작 기획서 초안을 보여줬을 때 '오, 괜찮네.'라는 반응이었다. 그 말에 힘을 받아 필사적으로 작성한 건데. 너무하네, 진짜….

하지만 그녀는 내게 변명할 여유 따윈 주지 않았다.

"분명히 말하는데. 이쿠타 씨는 사용자의 눈높이에 맞춰야 한다는 아주 기본적인 자세가 안 돼 있어."

집요하게 몰아붙이는 말에 또 고개를 숙였다.

"바로 다시 고치겠습니다."

나도 모르게 상의에 붙은 플라스틱 이름표를 만지작거렸다.

'NATSUMI IKUTA'

손끝으로 움푹 새겨진 글자의 음영을 느끼고 있을 때였다.

"저기 말이야."

분노가 담긴 미카 팀장의 목소리에 나는 황급히 자세를 꼿꼿이 세웠다.

"지금까지 회사에서 기획서 한 번 통과 못 한 건 이쿠타 씨밖에 없어. 그래서 내가 지금 도와주고 있는 거잖아. 무토 씨는 입사한 지 반년 만에 아이디어를 상품화까지 끌고 갔는데 이쿠타 씨는 자존심이 상하지도 않아?"

"하지만 그건⋯."

무토 리카가 공모전에 제출해 채택된 상품은 원래 내 아이디어였다.

신입이던 리카에게 기획서 작성법을 알려 줄 때 내가 구상하던 신제품의 아이디어를 예시로 들었던 게 실수였다. 사흘 뒤, 그녀가 완전히 똑같은 내용으로 공모전에 제출해 버렸으니까.

이걸 어찌해야 하나 망설이는 사이 상품화가 결정된 건 바로 지난주였다.

당사자인 리카는 "선배하고 둘이 만든 상품이잖아요."라고 말했지만 기획서에 내 이름은 어디에도 없었다.

그렇게 해서 리카는 '경이로운 신입 사원'이란 별명으로 화려하게 데뷔했다. 최근 들어 나에겐 거의 말을 붙이지 않고 있다.

매일 같이 상사에게 혼나는 선배하곤 친하게 지내기 싫겠지.

대학을 졸업한 지 1년 8개월.

나는 옛날부터 문구 수집이 취미였으니 이 회사에 들어온 건 올바른 선택이었다. 집에서 회사까지 전철로 몇 정거장밖에 되지 않아 출퇴근도 좋은 조건일 뿐 아니라 누구나 이름을 들어보았을 대형 문구 메이커가 모회사였으니까.

4층짜리 건물은 오래되어 낡아 보이지만 회사는 3층 전체를 사용하며 매년 신규 졸업자를 다수 채용한다. 그러니 그럭저럭 안정된 회사라고 할 수 있다.

올해도 리카를 포함한 5명이 채용되었다.

대학을 졸업하고 신입으로 '상품개발부'에 배속되었을 때 나는 내 오랜 취미를 마음껏 활용할 수 있을 거라 믿었다. 하지만 이상과 현실 사이의 갭은 날마다 커질 뿐이다.

그렇게 좋아하던 문구도 요즘엔 수집하지 않게 되었다.

"저기, 듣고 있어?"

미카 팀장의 목소리를 듣고 무의식중에 만지작거리던 이름표에서 퍼뜩 손을 뗐다. 무슨 일이 생길 때마다 나도 모르게 그쪽으로 자꾸 손이 갔다.

"바로… 다시 하겠습니다."

딱딱하고 무거운 분위기를 벗어나려고 말을 쥐어짰지만, 다시 제출해도 어차피 틀렸다고 할 것이다. 구체적인 지시가 없으니까. 뭘 어떻게 고쳐야 할지 모르겠는데 이런 분위기에서 물어볼 수도 없다.

난 이 일이 적성에 안 맞는 걸까?

분한 마음에 울음을 터뜨린 건 딱 작년까지였다. 이젠 마음 어딘가에서 체념이 앞서 나온다.

혼날 때도 빨리 이 시간이 끝나길 바랄 뿐이다.

"좀 진정하세요, 미카 팀장님."

느긋한 목소리에 고개를 들자 에시마가 옆에 서 있다. 에시마는 우리 상품개발부의 주임이다. 미카처럼 30대 중반이라는데 덥수룩한 머리카락과 수염, 구깃구깃한 셔츠 덕분에 훨씬 연상처럼 보였다.

"우리 업계에선 3년 차까지 신입이라잖아요. 따뜻하게 지켜보시지요."

에시마는 사무실 분위기를 누그러뜨리려는 듯 가끔 이렇게 중재의 손길을 내밀어주곤 했다. 저음의 목소리를 듣자 긴장의 끈이 살짝 풀렸다.

"뭐라고요?"

미카 팀장이 에시마를 꿰뚫어 버릴 듯한 시선으로 노려보았다. 미카 팀장의 뜨거운 분노 앞에서는 그 어떤 중재도 제 힘을 쓰지 못한다.

"주임님은 제가 일부러 트집 잡아서 괴롭히기라도 한다는 말이에요?"

"아뇨, 그런 뜻은…."

"직원 교육 업무는 저한테 다 떠넘겨 놓고 너무하는 거 아니에요? 저는 뭐 이러고 싶어서 이러는 줄 아세요?"

타깃을 변경한 미카 팀장은 에시마에게 성큼성큼 다가갔다. 궁지에 몰린 에시마는 미카 팀장과 같은 보폭으로 뒷걸음질을 쳤다.

"아… 알죠. 잘 이해합니다."

"그럼 쓸데없이 끼어들지 마세요!"

미카 팀장의 날카로운 목소리가 확 올라가자 몇 명의 직원이 반사적으로 돌아보았다가 바로 시선을 피했다.

"네, 제가 쓸데없는 말을 했네요."

이런 식이면 누구 직급이 더 높은지 전혀 구분이 안 된다. 에시마의 친절은 고맙지만 중재의 손길은 이미 화염에 휩싸인 채 소멸하고 말았다.

힘없이 물러가는 에시마의 뒷모습을 보며 느껴지는 건 죄책감뿐이다. 내가 좀 더 일을 잘했다면 괜히 휘말릴 일도 없었을 텐데.

회사에 다니면 다닐수록 점점 나 자신이 싫어진다. 즐거운 일 하나 없는 일상이다.

"어쨌든 다시 해 와."

미카 팀장은 주저 없이 기획서를 책상 옆에 있는 파쇄기에 집어 넣었다.

파쇄기가 기획서 씹어먹는 소리만이 허무하게 울려 퍼졌다.

내 자리로 돌아오자 옆자리에 앉은 니시무라 사오리가 내 책상 위로 무언가를 내려놓았다.

작은 초콜릿 한 개였다.

"마음 쓰지 마."

작은 목소리로 격려해 주는 사오리는 내 입사 동기다.

하지만 나는 그녀와 부서가 다르다. 내 자리는 상품개발부의 맨 끝이고 사오리의 책상부터는 인사부 소속이다.

직원의 약 절반이 영업부로 구성된 이 회사에서 기타 부서는 마주 보도록 배치된 책상에 다 모여 있다. 사람 수가 적은 우리 부서와 인사부가 한 곳에 뭉쳐 있는 셈이다.

사오리는 같은 여자인 내가 봐도 흠잡을 데 없는 미인이다. 갈색으로 염색한 머리카락은 어깨까지 내려오고 튀지 않는 화장 방법은 늘 좋은 본보기가 되었다.

일은 나름대로 잘하지만 입을 열 때마다 남자 이야기를 꺼내는 게 좀 흠이라면 흠이었다. 지난 2년 동안 남친 없이 지낸 시기가 아예 없었다고 들었다.

반면 나는 나 자신의 문제로도 너무 벅차서 연애 같은 걸 할 여유가 없다.

그러니 사오리와 나는 쉽게 말해 서로 정반대의 타입이다. 동기니까 일단 신경 써주고 친하게 지내는 건 맞지만 분명 마음속으론 불쌍한 애라고 생각할 거다.

사실 회사 밖에서 만나 놀았던 적은 한 번도 없으니까.

"고마워."

초콜릿을 책상 서랍에 넣고 아까 인쇄했던 파워포인트를 모니터 화면에 불러냈다.

그러다 미카 팀장이 이쪽을 물끄러미 지켜보는 것을 알고 불현듯 나올 뻔한 한숨을 도로 꿀꺽 삼켰다.

'…큰일 날 뻔했네.'

화면에는 '다목적형 스테이플러 ~멀티 군~'이라는 글자와 스캔해서 삽입한 내 서툰 일러스트가 허무하게 빛나고 있다.

기존의 스테이플러에 예비 침을 넣는 수납공간을 만들고 커터 칼과 자, 컴퍼스 기능을 추가한 상품이다. 이것 하나만 있으면 다른 제품을 살 필요가 없단 말씀이야.

'좋은 아이디어 같았는데….'

불쑥 중얼거린 목소리에 반응한 사오리가 "음…." 하며 화면을 들여다보고는 한마디 했다.

"아, 이러니까 안 되지."

사오리는 내가 뺨을 부풀리든 말든 화면을 가리켰다.

"예비 심을 넣을 수 있는 스테이플러는 이미 출시돼 있잖아."

"예비 침 말이지?"

"뭐라고 부르든 어때. 자와 컴퍼스 기능을 추가하는 건 재밌긴 한데 사이즈가 너무 커지잖아. 난 스테이플러를 고를 때 최대한 작은 걸 찾거든."

확실히 최근 상품은 소형화를 장점으로 내세우는 경우가 많긴 하다. 하지만 쓰다 보면 늘 예비 침을 찾게 되니까, 이런 상품의 수요층도 분명히 존재할 것 같은데….

"왜 악어야?"

사오리가 화면 오른쪽에 있는 녹색 캐릭터를 가리켰다.

"일단 ~멀티 군~의 캐릭터로 그려놓은 건데…. 생각해 봐. 스테이플러는 악어처럼 생기지 않았어?"

그렇게 말하면서도 내 목소리에서 점점 자신감이 사라져 간다는 걸 확실히 자각할 수 있었다. 전부 한심하게 느껴진 나는 화면을 꺼 버렸다.

한 번 더 곰곰이 생각해 봐야겠어.

"선배애~."

앞자리에 앉은 리카가 모니터 너머로 사오리에게 말을 건넸다.

15

"응?"

"오늘은 전화 당번 아니죠? 점심 어디로 먹으러 갈래요오?"

시계를 보니 어느새 12시다. 오늘도 오전 내내 혼만 나다 끝났
다. 담소를 나누는 목소리가 여기저기서 들려오자 팽팽하던 긴장
이 조금은 풀렸다.

사오리를 잘 따르는 리카는 자주 같이 점심을 먹었다. 일 처리
가 느린 나는 늘 편의점 샌드위치를 우물거리며 뒤처짐을 조금이
라도 만회하려고 필사적으로 일했다.

"난, 한동안 패스하려고."

사오리가 그렇게 말하며 가방에서 핑크색 천으로 싸인 도시락
통을 꺼냈다.

"패스요?"

눈을 동그랗게 뜨는 리카에게 사오리가 어깨를 으쓱해 보였다.

"실은 요리 학원에 다니기 시작했거든."

"어? 그럼 영어 회화 학원은요?"

"그것도 계속 다니지. 그래서 돈도 아끼고 복습도 할 겸 싫증이
날 때까지는 도시락을 싸 오려고."

쑥스럽게 말하는 사오리 옆모습을 바라보다 리카를 돌아보니
눈썹을 찡그린 채 굳어 있었다. 기묘한 침묵이 잠시 이어졌다.

"나 알잖아. 금방 싫증날걸?"

사오리는 도시락을 열지 않고 "나 화장실 좀." 하면서 일어났다.

리카도 나가려는지 몸을 일으키다 문득 생각났다는 듯 나를 보았다.

"나츠미 씨는 오늘도 빵이에요?"

"응. 미안."

리카가 나를 '선배'라고 부르지 않게 된 지 좀 지났다. 무의식적인 행동일 테지만 신경은 쓰였다. 그러면서도 실실거릴 수밖에 없는 내가 한심스러웠다.

"기운 없어 보이는데 괜찮으세요? 괜찮다면 저라도 얘기 들어드릴게요오."

리카가 인조 속눈썹이 달린 눈꺼풀을 깜빡였다. 사오리보다도 밝은 갈색 머리에는 웨이브와 어울리지 않는 핑크색 립스틱이 유난히 눈부셨다.

"괜찮아. 고마워."

"아, 네."

리카는 더 권하지 않고 나가 버렸다.

리카에게 악의가 없다는 걸 알기에 지난번 기획서 건은 용서했지만, 애초에 악의가 없다는 것 자체가 더 답답했다.

휴우, 허공에 대고 한숨을 쉬었다.

낮은 천장을 올려다보니 LED 전등의 활약이 무색할 만큼 정오인데도 어둑어둑하다. 마치 내 기분을 대변해 주는 것 같다.

이렇게 될 줄은 몰랐는데.

처음 입사할 때는 내가 좋아하는 문구 관련 일을 할 수 있다는 것만으로도 기뻤다. 신제품을 개발한다는 설렘도 있었다.

그런데 지금은 그렇게 좋아하던 문구점에 가도 시장 조사에만 정신이 쏠렸다. 진열대를 가득 메운 노트와 연필, 편지지를 보는 것만으로도 즐겁던 내가 어쩌다 이렇게 돼 버렸는지….

편의점 빵을 우물거리면서 다시 모니터에 뜬 기획서를 들여다보지만, 수정으로 어떻게 될 내용이 아니라는 건 명백하다. 아예 원점부터 다시 시작해야 한다는 사실을 머리로는 이해한다. 하지만 마음이 영 석연치 않다.

"아, 맞다. 물어봐 주기로 한 건 어떻게 됐어?"

화장실에서 돌아온 사오리가 갑자기 생각났다는 듯이 주어가 없는 대화를 꺼냈다.

"뭘?"

"이번에 미팅하기로 한 거 말이야."

"아아…."

대답하면서 마음이 더 무거워졌다. 얼마 전 사오리가 미팅을 하자고 몇 번이나 졸라대기에 어쩔 수 없이 "친구한테 한 번 물어볼게."라며 넘긴 적이 있다.

"그 친구, 이름이 하루미 씨라고 했던가?"

"응, 후쿠야마 하루미. 미안, 아직 못 물어봤네. 오늘 밤에 물어볼게."

사오리가 불만스러운 목소리로 말했다.

"안 돼, 안 돼. 나도 계속 확답을 못 해 주고 있잖아. 날 뭐든 대충 넘어가는 여자로 볼 텐데…. 지금 물어봐 줘. 부탁이야."

사오리의 "부탁이야."라는 말이 얼마나 강제적이며 끈질긴지는 약 2년 동안 같이 지내면서 사무칠 만큼 잘 알게 되었다.

나는 어쩔 수 없이 스마트폰을 꺼내 화면을 켰다. 잠금화면에는 볼펜 사진이 표시되었다. 청록색이 강조된 유명 브랜드의 볼펜 사진이다. 아빠가 취직 선물로 사준 펜.

사용하기 아까워 내 방 서랍에 소중히 간직해 두고 가끔 꺼내 황홀하게 바라보곤 한다. 하지만 최근엔 그걸 볼 때조차 마음이 무거워지곤 한다.

잠금을 풀고 홈 화면을 불러냈다. 메시지 앱으로 하루미의 이름을 찾았다.


'일하고 있을 텐데 미안. 지난번 얘기했던 미팅 말인데,
어떻게 할래?'


문자 메시지를 보냈지만 '읽음' 표시는 나타나지 않았다.

하루미와는 대학 시절부터 같이 지낸 시간이 워낙 길어 연락이 어려웠던 적은 없다.

하지만 서로 사회인이 된 지 2년 차다. 최근엔 문자만 주고받을

때가 많았고 직접 목소리를 들으며 통화하는 횟수는 점점 줄었다.

하루미는 졸업 전에 대형 은행 취업이 확정되었고 지금은 우리 동네의 역 앞 지점에서 창구 업무를 보고 있다.

만날 때마다 입버릇처럼 하던 말이 "너무 바빠서 화장실도 못가."였다.

"답장 오면 바로 알려 줄게."

그렇게 말하자 사오리는 떨떠름한 표정으로 고개를 끄덕였다. 나는 안도하는 기분으로 스마트폰을 집어넣었다.

일단 기획서를 다시 만들어야 한다. 파워포인트의 '새로 만들기' 탭을 클릭하고 기획서용 디자인을 선택하자 새하얀 화면이 나타났다.

미카 팀장에게 혼나지 않을 만한 아이디어는 대체 어디서 찾을 수 있으려나….

좋아하는 일을 하면서도 현실은 생각보다 훨씬 험난하기만 하다. 요즘 나는 하고 싶은 일이 아니라 꼭 해야만 하는 일에만 집중하고 있다. 점점 막다른 곳으로 몰려 얼마 안 되는 산소를 필사적으로 빨아들이면서. 그래서 이렇게 숨이 막히나 보다.


밤의 어둠 속으로 새하얀 한숨이 녹아 흩어졌다.

꼭 좋은 아이디어를 찾아야 한다고 생각하면 할수록 아무것도 떠오르지 않은 채 시간만 흘러가 버린다. 집중해야 하는 상황인데도 억울한 심정으로 울컥하며 전혀 집중하지 못했다. 내 무능함만 사무치게 깨닫게 된 야근이다. 결국 회사를 나온 건 밤 9시가 넘어서였다.

역 앞까지 걸어가 정류소에서 버스에 탄 지 약 10분.

버스에서 내리자 강하게 불어오는 찬 바람에 몸이 확 식었다. 집으로 가는 발걸음을 서둘렀다.

나는 목조 2층 구조의 단독주택에서 아빠와 엄마와 산다.

피곤한 몸을 잡아끌며 부엌으로 향하자 엄마가 테이블에 앉아 문고본 책을 읽고 있다.

'엄마가 부엌에서 책을 읽는 날이면 좋은 일이 안 생기는데.'

이건 엄마가 나한테 할 말이 있어서 기다린다는 증거다. 오랜 경험에서 나온 그런 생각으로 무의식중에 흘러나올 뻔한 한숨을 겨우 삼켰다.

"다녀왔습니다."

인사하며 개수대에서 손을 씻었다. 11월 말이 되자 수돗물도 급격히 차가워졌다.

"어서 와. 저녁 데워 줄게."

엄마는 책을 덮더니 의자에서 일어나 냄비에 불을 켜며 말을 이었다.

"아무리 그래도 매일 너무 늦게 퇴근하는 거 아니니? 설마 수당도 못 받으면서 충성봉사로 야근하는 건 아니지? 좀 일찍 들어올

순 없어?"

엄마는 워낙 걱정이 많은 성격이라 늘 내 행동에 관한 잔소리를 늘어놓는다. 그런데 온화하면서 걱정이 많다면 좋았을 테지만 늘 비난처럼 걱정을 늘어놓는 게 문제였다.

외동딸이라 어쩔 수 없다는 건 알지만 간섭이 과하다는 생각이 든다. 그렇다고 그걸 엄마한테 말할 수는 없다.

엄마가 데워 준 저녁밥을 먹으려고 하자 엄마가 맞은편 의자에 앉았다. 하고 싶은 말이 있는 게 확실했다.

빨리 먹어 치우고 방으로 돌아가야겠다고 생각하는 내게, 엄마는 책을 내려다보며 아무렇지 않은 듯 물었다.

"오늘은 어땠니?"

역시 오늘도 심문이 시작되었다.

"특별한 건 없었어."

빨리 먹어 치우고 싶은데 오늘 메뉴가 하필이면 두부탕이다. 1인용 냄비에 담긴 뜨거운 두부에 고전할 게 뻔했다.

이것조차 엄마의 작전이 아닌가 하는 의심이 든다.

"일하면서 무슨 일 있었어?"

"아니."

내 말투가 이토록 무뚝뚝하게 나오는 건 그렇게 하지 않으면 늘 싸움이 붙기 때문이다. 엄마도 그걸 모르는 건 아닐 텐데 왜 이렇게 날 못 잡아먹어 안달인지 모르겠다.

"저기 있지, 요시노 말이야. 프로포즈 받았다더라."

그 말을 들은 순간 '아, 오늘 주제는 이거구나.' 하고 어깨로 한숨을 쉬었다.

"요시노? 그게 누군데?"

관심 없는 듯 짧게 물으며 도자기 숟가락으로 푼 두부를 후, 후 불어 식히는 데 집중했다.

"엄마가 파트타임으로 일하는 곳에 사카모토 씨 있잖니? 그 사람 딸이야."

엄마가 설명해 주지만 애초에 난 그 '사카모토 씨'와 만난 적이 없다. 뭐라 대답해야 좋을지 난감해하는 나를 내버려 둔 채 엄마는 말을 이었다.

"올해 25살인데, 사카모토 씨 말로는 엄청나게 이쁘다더라."

"그래?"

여전히 관심 없는 척하며 입속으로 밥을 잔뜩 욱여넣었다.

"너도 이제 24살이잖니. 슬슬 결혼해야지."

"뭐? 그게 나이랑 무슨 상관인데?"

대답하자마자 후회했다. 엄마가 탁 소리를 내며 읽던 책을 뒤집어놓았으니까.

"어떻게 상관이 없니? 엄마가 네 나이였을 땐 이미 아빠랑 결혼한 뒤였어. 그리고 엄마는 네가 행복해지길 바라는 마음으로 하는 말이야."

확실히 아직 쉰 살도 되지 않은 엄마는 젊어 보인다.

"아, 알았어, 알았어."

"엄마 말 진지하게 들어. 지금부터 결혼할 사람을 찾아놔야 후회 안 한다? 일도 좋지만, 맞선이라던가….'

그때 식탁 위에 놓아 둔 스마트폰이 부르르 떨렸다. 발신자 표시 화면에 '하루미'라는 이름이 보였다. 하루미에게 감사해야겠다.

"잘 먹었습니다."

"얘, 잠깐."

나는 말을 꺼내는 엄마에게 등을 돌리고 통화 버튼을 눌렀다.

"여보세요, 하루미?"

나는 도망치듯 부엌에서 빠져나와 계단을 오르며 내 방으로 향했다.

"늦게 연락해서 미안."

하루미의 부드러운 목소리가 들렸다. 방에 불을 켜고 팬히터의 스위치도 누른 뒤 침대에 걸터앉았다.

"아니야. 일하는 데 방해해서 내가 미안."

"우리 사이에 무슨."

"문자 봤어? 결국 미팅은 안 가도 된대."

저녁까지 하루미의 답장이 없자 사오리는 다른 멤버를 소집했다. 바로 몇 명이 그 소집에 응한 덕분에 나도 굳이 참가하지 않아도 되었다.

"그랬어? 너도 미팅 같은 건 거북해하니까 안심했겠네?"

역시 절친인 하루미는 나를 잘 알았다. 난 그런 식의 모임은 정말로 거북하다.

"안심하는 수준이 아니지. 동기긴 해도 평소에 신세 진 게 많아서 거절하기 힘들었거든. 그런데 미팅이라는 것 자체에 거부감이 들잖아."

"날 끌어들이려고 했으면서?"

"그건 미안하대도. 너와 같이 가면 그래도 버틸 수 있을 거라고 생각했어."

내 변명에 하루미는 살짝 웃었다.

"아무튼, 넌 사람이 너무 착하다니까."

"아, 또 나 놀리고!"

내가 발끈하자 가벼운 웃음소리가 스마트폰 너머로 들려왔다. 오늘 하루 중 처음으로 내 생각을 마음껏 드러내며 대화하는 기분이었다.

"나쁜 뜻 아냐."

"후훗, 누가 알겠어."

"오히려 존경스럽다니까. 나도 내가 착실한 편이라고 생각했거든. 그런데 요새는 그렇지도 않아서…."

그 말을 듣고 나서야 하루미의 목소리가 평소보다 훨씬 기운 없어 보인다는 걸 깨달았다.

"하루미, 무슨 일 있어?"

"…응?"

분명히 알아들었을 텐데도 되묻는 걸 보면 내 예상이 틀리지 않았다. 동시에 내가 하루미의 기분을 바로 알아차리지 못했다는 생각에 미안한 마음이 들었다.

"무슨 고민이라도 있는 거야?"

"뭐… 조금."

석연치 않은 대답을 듣고 나는 벽시계를 돌아보았다. 아직 버스가 끊길 때까지는 시간이 남아 있었다.

하루미는 나와 같은 동네에 살고 있다. 하루미의 아파트는 역의 북서쪽에 있으니 우리 집에서 역 쪽으로 가는 버스를 타면 금방 도착할 수 있다.

"무슨 일인데? 내가 지금 갈까?"

하지만 하루미는 전혀 괜찮지 않은 목소리로 대답했다.

"괜찮아."

"안 괜찮은 것 같은데?"

"그게…. 연애 문제로 고민이 좀 있어서. 뭐, 조금 복잡한 문제거든."

"연애 문제라니… 너 남친 생겼어?"

내 질문에 한동안 하루미의 숨소리만 들려왔다.

"아직은 안 생겼어. 다음에 만나면 얘기해 줄게. 신경 쓰지 마."

그리고 하루미는 졸리다는 핑계로 전화를 끊었다.

나는 깜깜해진 스마트폰 화면을 바라보다가 침대에서 일어나 책상 의자에 앉았다. 그리고 서랍 안에서 올리브 갈색 표지의 일기장을 꺼냈다.

B5 사이즈의 노트를 일기장으로 사용하기 시작한 건 초등학교 6학년 때부터다.

그때 이후로 무슨 일이 있을 때마다 일기를 적었고 사회인이 된 뒤로는 제대로 된 일기장을 사용했다. 전부 20권 정도가 된 내 역사의 기록이다.

일기를 쓰게 된 계기는 초등학교 6학년 때 본 로맨스 영화 때문이다. 주인공이 자기가 쓴 일기를 자식들에게 읽어 주는 장면을 보았다.

나도 그 영화의 주인공처럼 언젠가 아이를 낳게 되면 일기를 읽어 주고 싶었다. 무릎 사이에 아이를 앉혀 놓고, 같이 소리 내어 읽으며 내 역사를 가르쳐 주고 싶었다.

'하지만….'

올해 들어 적은 일기를 대충 넘겨 보았다.


5월 24일 금요일

또 미카 팀장에게 혼났다.

회의실을 잡아두라고는 했는데 제1회의실이란 말은 못 들었다.

애초에 제2회의실만 예약이 가능했다.

그런데도 다짜고짜 화를 냈다. 슬프다.


8월 19일 월요일

감기가 나아서 오늘부터 출근했다.

하지만 미카 팀장은 "아주 푹 쉬다 와서 좋겠네?"라며 비아냥거렸다.

여름휴가가 끝나자마자 앓아누운 나에게도 잘못은 있지만, 꼭 그렇게 못된 말을 하지 않아도 됐을 텐데.


11월 20일 수요일

리카가 나를 이름으로 부르기 시작했다.

왠지 날 깔보는 듯한 기분이 들지만 난 아무 말도 할 수가 없다.

아아, 오늘도 위장이 아프다.

다들 빛 속에서 살고 있는데 나만 그 그림자 속에 있는 것 같다.

어두운 곳에 머무는 나 같은 건 아무도 바라봐주지 않는다.

그 빛이 너무 눈부셔 난 그곳을 바라볼 수도 없다.


　전부 어두운 내용뿐이다.

　이런 식이면 자식들에게 못 읽어줄 것 같다. 밝은 주제를 써보려고 해도, 좋은 내용은 내 일상에서 아무리 찾아봐도 없다.

가끔 "하루미와 영화를 보러 갔다."라는 정도밖에 즐거운 기록이 없는 걸 보며 한숨이 나왔다.

다들 어떤 일상을 보내는 걸까.

미카 팀장처럼 회사에서 무슨 말이든 할 수 있는 위치가 되면 분명 즐거울 거다. 실제로 그녀는 언제나 자기 하고 싶은 말을 상대에게 숨김없이 쏟아내고 그 반응을 즐긴다. 당하는 사람의 심정 같은 건 조금도 신경 쓰지 않고 자기 멋대로다.

비유하자면 미카 팀장은 고슴도치다. 가까이 다가가면 나는 그 가시에 찔려 상처를 입는다. 좀 더 능숙하게 행동하고 싶지만 워낙 요령이 없다 보니 나를 지키지 못한다. 언젠가 되갚아주고 싶을 때도 있고, 너무 말도 안 되는 일로 혼날 때는 폭발해 버릴 것도 같다.

나도 고슴도치의 갑옷을 입을 수 있다면 이렇게 숨 막히는 생활을 하지 않아도 될 텐데… . 하지만 난 그 방법을 모른다. 많은 경험을 쌓지도 못했고 내 의견을 주장할 만한 용기도 없다.

리카는 신입인데도 선배들과 잘 지낸다. 누구보다도 아슬아슬한 시간에 출근하는데 뭐라고 하는 사람이 없다. 미카 팀장도 마음에 들어 하고 남자 직원들의 반응도 좋다.

'그건 불공평하잖아… .'

노트에 오늘 날짜를 적다가 문득 생각이 났다.

아까 통화할 때 하루미가 조금 이상했다.

자기가 착한 줄 알았는데 실은 안 그랬다는 식으로 말했다. 그리고 연애 문제로 고민하는 눈치였고….

'착하지 않은 연애라니…. 그게 무슨 뜻일까?'

그렇게 중얼거리다 보니 불길한 예감이 들었다. 설마 불륜? 아니, 그럴 리 없다. 학생 시절 인기를 끌던 불륜 드라마에 관한 이야기조차 싫어하던 애니까.

왠지 많은 것들이 신경 쓰이는 밤이다.

100엔 샵에서 산 볼펜을 들고 오늘 하루를 마감하기 위해 일기장을 펼쳤다. 조금이라도 즐겁고 밝은 주제는 뭐가 있을까?

11월 28일 목요일

아직 아무도 출근하지 않은 회사에서 청소기를 돌리면 기분이

조금 밝아진다.

분명 아무도 모를 테지만 조금이나마 회사에 도움이 됐다는 기

분이 드니까.

하지만 오늘도 미카 팀장에게 불려갔다.

내 기획인 멀티 스테이플러는 이대로 추진해 봐야 세상에 나오

지 못할 것이다.

아예 새로 시작해야 하지만 마감 날짜가 얼마 안 남았다.

솔직히 '뭐, 어쩔 수 없지.'라고 체념하는 마음도 있다.

어차피 아무도 기대하지 않을 테니까.

아, 오늘도 어두운 일기가 되고 있다.

'열심히 하자!'라는 마음이 사무실 어느 구석에 떨어져 있지 않

으려나?


아침부터 불길한 예감이 들긴 했다.

블라인드를 걷고 사무실을 청소기로 다 돌렸을 무렵 미카 팀장

이 출근했다.

평소보다 30분이나 빠른 출근이라 의아했다. 인사를 건네자 평

소 같으면 절대 받아주지 않을 텐데 오늘은 "좋은 아침."이라고 내

게 대답했다.

게다가….

"늘 청소하느라 고생하네."

한 번도 들어본 적 없는 격려의 말까지.

애매하게 미소 지으며 도망치듯 탕비실로 가서 커피포트를 씻

었다. 12월이라 깜짝 놀랄 만큼 물이 차가웠다. 커피포트에 물을

붓고 탕비실에서 나왔지만 출근한 사람은 더 없었다.

미카 팀장과 단둘이 있는 사무실은 왠지 숨이 막혔다. 책상에

앉아 PC의 전원을 켰다.

"잠깐 와 볼래?"

미카 팀장이 나를 불렀다. 오늘의 목소리는 뭔가 부드럽고 친근

감이 담겨 있다.

"네."

"신제품 기획서, 마감까지 낼 수 있을 것 같아?"

"아, 네. 어떻게든 내일까지는⋯."

실제로는 아무것도 못 해놓은 상황이지만 이렇게 말할 수밖에 없었다.

또 비아냥거리는 말이 나올 줄 알았는데 오늘 아침의 미카 팀장은 자리에 앉아 미소로 나를 올려다보고 있었다.

"지금 완성된 게 아니면, 일단 기획서는 접어두고 다른 일을 도와주지 않겠어?"

"네?"

"갑작스럽게 들어온 일이 있어서. 신제품 쪽은 처음부터 하려면 마감 맞추기 힘들 거 아냐. 이번 일은 네 이름이 담당자로 들어갈 거야."

미카 팀장은 뒤집어놓은 서류를 손으로 툭 쳤다.

"저기⋯."

"마감은 똑같이 내일까지야. 하지만 그렇게 어려운 일은 아닌데 어떻게 할래?"

어떤 업무인지도 모른 채 받아들일 수는 없었다. 업무 내용을 물어보고 어느 쪽을 선택할지 정하면 된다.

머리로는 이렇게 알고 있지만 난 뱀 앞의 개구리나 다름없다. 아무 말도 꺼내지 못한 채 고개만 끄덕거렸다.

"잘됐네. 꼭 내일까지 메일로 거래처에 보내놔."

미카 팀장이 핀으로 묶은 서류 다발을 건넸다. 이미 미소는 온데간데없고 무뚝뚝한 표정으로 "그만 가 봐."라고 말한 뒤 자기 일에 집중했다.

방금 느낀 불길한 예감이 현실이 될 것임을 깨달은 건 그로부터 몇 분 뒤였다.


마지막 직원이 퇴근한 지 얼마나 지났을까?

시계를 보니 9시가 넘었다. 아무도 없는 사무실에는 내 주위에만 조명이 켜져 있어 마치 스포트라이트를 받는 것 같다.

난방까지 꺼진 사무실은 발밑에서 추위가 올라왔다.

하아아….

몇 번째인지 모를 한숨을 모니터에 대고 쉬었다. 화면에 표시된 것은 '100엔샵용 연필(E-3026) 발주서'라는 글자다. 오른쪽 아래에는 내 이름 '이쿠타 나츠미'가 새겨져 있다.

미카 팀장이 맡긴 업무는 절대 쉬운 일이 아니었다.

100엔샵용 대량 생산 연필 발주서를 작성하느라 하루를 다 보냈다. 게다가 원가 계산이나 업자 선정, 납기일을 확정하는 업무라 최대한 가격을 낮춘 상품에 내 아이디어가 끼어들 여지는 전혀 없었다.

내일까지 마무리해야 했기에 영업부와 판매부 사람들에게 연신 고개를 숙이며 돌아다녔다.

연말에 진행되는 일이라 12월 중에 납기는 힘들었다. 되레 왜 더 빨리 말하지 않았냐고 싫은 소리만 들었다. 덩달아 기분도 울적해졌다.

미카 팀장이 친절했던 건 나한테 이 일을 떠넘기기 위해서였다. 지난번에 기획서를 통과시켜 주지 않은 것도 '나한테 이 일을 시키려고 했던 거 아냐?'라는 쓸데없는 의심까지 들었다.

간신히 완성된 발주서를 미카 팀장을 비롯해 각 부서에 메일로 보내자 어느새 10시가 넘었다. 막차를 탈 수 있을지 시간이 간당간당했다.

이건 내가 해야 할 일이 아니잖아.

원망스럽게 투덜거려 보지만 내가 하고 싶은 일로 성과를 내지 못한 것도 사실이다.

평소처럼 부정적인 악순환이 시작될 것 같아 떨쳐 내듯 PC의 전원을 껐다.

아까보다 어두워진 사무실을 둘러보니 기분이 더 무거워진다.

문득 책상 위에 캔커피가 보였다.

에시마가 퇴근하기 전에 수고하라며 주고 간 것이다. 도와준다고 하는 걸 거절했다. 한 번 누가 이기나 해 보자는 생각이었는지도 모르겠다.

에시마는 못난 내게 늘 친절하게 대해 준다. 혼날 때는 달려와

막아주고 모르는 게 있어도 먼저 물어보지 못하는 나를 자연스럽게 배려해 준다.

다음에 마주치면 제대로 고맙다고 말해야겠다.

그보다도 지금은 빨리 돌아가서 잠이나 자야지. 그런 생각으로 의자에서 일어난 순간이었다.

"쿵!"

무언가 부서지는 듯한 소리와 함께 사무실이 크게 흔들렸다. 이어서 유리 깨지는 소리가 울려 퍼졌다.

지진인가?

엉거주춤한 자세로 주위를 살폈다. 하지만 아무리 기다려도 더 이상 흔들림이 느껴지진 않았다. 말없이 주변을 둘러보는데 아무도 없는 사무실이 갑자기 섬뜩하게 느껴졌다.

그때 무언가 타는 냄새 같은 게 나기에 창문으로 달려가 밖을 내다봤다. 헉! 나는 숨을 삼켰다.

유리창 너머로 잿빛 연기가 피어올랐다. 누군가 밖에서 소리치는 목소리가 조그맣게 들려왔다. 더 짙어진 연기가 스멀스멀 일렁거리며 자욱하게 퍼졌다.

지이이이이잉~.

머리 위에서 요란한 소리가 울려 퍼지며 내 입에서도 단발음 비명이 터졌다.

"화재 발생! 화재 발생! 안전을 확보하고 비상구를 통해 신속히

밖으로 피난해 주십시오!"

억양 없는 기계적인 안내 방송에 퍼뜩 정신을 차렸다.

화재….

이게 말이 돼? 하지만 이런 시간에 피난 훈련 같은 걸 할 리는 없다.

탈의실에 짐을 가지러 가려다가 걸음을 멈췄다. 출입구 틈새로 드라이아이스 같은 연기가 새어 들어오는 게 보였기 때문이다. 그제야 간신히 내 머리가 현실을 따라잡았다.

정말로 불이 난 거야. 그렇게 생각하자마자 다리가 부들부들 떨리며 사무실 한가운데 주저앉고 말았다.

어쩌지, 어쩌지….

사무실에 연기가 점점 차오르면서 조금씩 호흡이 힘들어졌다. 마음을 굳게 먹고 사무실 문을 열었다. 하지만 연기로 흐려진 공간 너머에는 불이 들어와야 할 엘리베이터 램프가… 꺼져 있다.

뜨거워진 복도에서 도망치며 사무실 문을 닫았다.

아직도 받아들이기 힘든 현실 속에서 열심히 머리를 굴리다 보니 녹색 비상등이 눈에 들어왔다.

도망쳐야 해.

비상계단으로 뛰어가려는데 사무실 전기가 훅 꺼졌다. 동시에 계속 흘러나오던 안내 방송도 뚝 끊겼다. 캄캄해진 사무실의 창밖은 이미 잿빛이 아닌 주황색으로 일렁이고 있다.

36

불길이 바로 아래층까지 올라온 거다.

손으로 주변을 더듬어가며 비상계단 문을 열었다. 그 순간 시커먼 연기가 쏟아져 들어오며 나를 집어삼켰다. 숨이 안 쉬어지며 주저앉으려는 몸을 다리에 힘을 주고 간신히 버텼다.

계단 아래쪽에서 엄청난 기세로 연기가 밀려 올라와 절망감을 느꼈다. 하지만 망설일 시간이 없었다. 마음을 다잡고 옥상… 일단 위쪽으로 도망칠 수밖에 없다.

손수건을 입에 대고 바닥을 기듯이 계단을 올랐다. 아래쪽에선 시뻘건 화염이 어른거렸다. 숨을 들이쉬면 검은 연기에 목구멍이 얼얼해졌고, 따끔거리는 눈에선 계속 눈물이 흘렀다.

지금 이게 실제상황 맞아?

머리로는 믿기지 않았지만 일단 계속 몸을 움직여 올라갔다.

아래층에는 의류 브랜드의 사무실 겸 창고가 있다. 그곳에서 화재가 시작되었다면 여기까지 불길이 올라오는 건 시간문제다.

그런데 왜 이 시간에 창고에서 불이 난 거지? 그런 의문이 뇌리를 스쳤지만 지금 그게 중요한 건 아니다. 매캐한 연기에 점점 더 숨쉬기 힘들어졌다.

내 의지와 달리 좀처럼 팔다리가 앞으로 나가지 못했다.

층계참까지 올라온 나는 그대로 바닥에 쓰러졌다.

머리가 멍하고 몸에 힘이 빠졌다. 이제 글렀어. 난 여기서 죽는 거야.

타닥타닥 소리를 내며 불길은 더 거세게 타오르고 있었다. 멀리서 작은 사이렌 소리가 겹쳐 들렸다.

그때였다. 흐린 시야 너머에 알 수 없는 누군가가 서 있다는 걸 알아챈 것은….

"도와주세요! 여기요. 저는 여기…."

바싹 마른 목으로 소리를 내자 숨이 막혀 기침이 나왔다.

숨 막혀. 죽을 것 같아….

날 구하러 와 준 걸까?

손을 뻗으려는데 오른쪽 팔이 움직이지 않았다. 앞에 있는 사람도 말없이 서 있을 뿐이다. 까만 실루엣이 연기 너머로 보였다 사라졌다 했다.

아, 그래…. 저승사자가 날 데리러 온 거구나. 아직 24살밖에 안 됐는데, 내 인생은 여기서 끝나나 보다.

어쩌면… 그게 맞는 건지 몰라.

직장생활은 엉망에 남친도 없이 힘들기만 한 일상. 이런 하루하루가 계속될 바엔 여기서 죽어 버리는 게 낫지. 내가 죽는다고 슬퍼하는 사람도 없을 테고.

몸이 뜨거워. 뜨겁고 아파.

'…나, 죽는구나.'

죽음을 맞이하는 순간인데도 마음 한편으로 안도하는 내가 신기했다. 공포는 희미해지며 이제는 어떻게 돼도 상관없다.

이런 인생이라면 차라리 다른 사람으로 태어나 처음부터 시작해도 된다. 그러는 편이 몇 배는 행복할 테니까. 다음에는 행복한 일기를 쓸 수 있는 인생을 살고 싶다.

그동안의 기억이 주마등처럼 스쳐 지나가지도 않았다. 그저 다시 태어나기만 간절히 바라는 최후. 이윽고 눈앞이 시커멓게 뒤덮여 갔다.


사람은 죽으면 전부 잃는다고 생각했다.

소리나 감촉, 바람조차도 느끼지 못하게 될 거라고.

하지만 실제로는 살아있을 때와 별로 다르지도 않았다.

암흑의 세계에서는 아직도 사이렌 소리가 멀리서 들려왔다. 살을 파고드는 차가운 공기, 그리고 딱딱한 콘크리트 바닥까지 생생히 느껴졌다.

희미하게 눈을 뜨자 먼 하늘에서 두 개의 별이 반짝였다. 얼굴을 오른쪽으로 돌리자 건물 옥상에 있는지 대각선 건너편으로 보이는 빌딩이 화염에 휩싸여 있었다.

까만 연기가 하늘로 피어오르는 게 보이는 그곳은 어처구니없게도 방금까지도 내가 있던 장소였다.

'난….'

천천히 몸을 일으켰다. 윗옷은 여기저기가 시커멓게 그을리고 왼쪽 팔이 엄청나게 따가웠다. 내려다보니 소매는 거의 타 버리고 그 안으로 드러난 살갗에 커다란 물집이 잡혀 있었다.

죽은 뒤에 고통을 느낀다는 건 상상해 본 적도 없었다.

"아파?"

목소리에 고개를 들자 눈앞에 젊은 남자가 서 있었다. 큰 키에 밤을 등지고 서 있는 까닭에 길게 기른 흑발이 바람에 나부끼고 있었다. 머리카락 사이로 보이는 눈매가 살짝 날카로웠다. 나이는 나보다 조금 어려 보이는 인상이다.

그의 갑작스러운 출현에도 기겁하며 놀라지 않고 자연스럽게 받아들인 건 비일상적인 사태가 연이어 발생했기 때문인지도 모르겠다.

"…저승사자?"

남자는 "으음…." 하고 입가에 손을 갖다 댔다. 하얀 스웨터에 청바지를 입은 저승사자가 어딨겠어.

하지만 그는 무릎을 굽혀 나와 눈높이를 맞추더니 표정 하나 바꾸지 않고 말했다.

"저승사자랑 비슷하다고 볼 수도 있겠네."

나도 모르게 시선을 피했다.

처음 보는 사람인데도 왠지 모르게 그리운 느낌이 드는 건 나를 저세상으로 데려갈 사람이라서 그런 걸까?

불타오르던 빌딩은 소화 작업이 계속되고 있는지 불길이 점점 약해지고 있었다.

"네가 구해 준 거야? 저승사자가 왜?"

질문만 쏟아내는 나를 보며 그는 잠시 눈을 내리깔았다가 입을 열었다.

"굳이 따지자면 수호신 같은 거야. 뭐, 사소한 설정은 신경 쓸 것 없고."

"그래도… 신경 쓰이지. 이제 다 끝났다고 내 인생을 포기하던 참이었는데…."

"살아났으면 된 거 아냐?"

어깨를 으쓱해 보이는 남자를 보며 아까보다 훨씬 많은 의문이 생겨났다.

"그런데… 저 빌딩에서 여기까지 날 어떻게 옮긴 거야? 그리고 불길이 엄청나지 않았어?"

빌딩을 가리키는 내 검지가 시커멓게 그을러 있었다. 그걸 보니 내가 죽지 않았다는 사실을 실감했다. 감사해야 할 상황이지만 석연치 않은 감정이 가슴속에 맴돌았다.

"쓸데없는 걸 다 신경 쓰는 성격인가 보네. 평소에도 그런 식으로 온갖 고민을 끌어안고 사는 거지? 직장에선 말할 것도 없고."

"아…."

지나치게 정확한 지적에 나는 입도 뻥긋하지 못했다. 그는 얇은 윗입술로 곡선을 그리며 웃었다.

"정곡을 찔렀나?"

"너, 넌 누구야."

발끈하는 내게 그는 주머니에서 스마트폰을 꺼내 손가락으로 조작했다. 처음 보는 기종이고 조금만 힘을 줘도 부러질 것처럼 얇았다.

"설명보단 보여 주는 게 빠르겠지. 조금만 기다려 봐."

그가 손을 내밀어 보여 준 화면에는 '아미세 아츠키'라고 적혀 있었다.

"아미세 아츠키?"

"맞아. 내 이름이야."

아츠키는 화면을 끄고 다시 주머니에 집어넣었다.

"나는 이쿠타… 나츠미라고 해."

"응, 그럼 나츠미라고 부를게. 너도 날 그냥 아츠키라고 불러."

호칭을 멋대로 정하는 걸 보면 조금 이상한 애 같다. 그래도 상황을 보면 내 생명을 구해 준 은인이라는 건 틀림없다. 이 빌딩 옥상까지 날 옮기느라 꽤 힘들었을 텐데….

휴, 나도 모르게 한숨이 흘러나왔다.

분명 그때 나는 죽음을 받아들이고 있었는데…. 아, 이제부터 또 힘든 날들이 계속되는 거구나. 그때 느꼈던 해방감이 아직도 생생한데.

이제야 편해질 수 있다고 생각했는데.

그래도 고맙다는 말은 해야겠지.

"아츠키 씨, 구해 줘서 고마워."

내가 고개를 숙이자 아츠키가 얼굴을 붉혔다.

"그냥 아츠키라고 부르래도. 그리고 조금도 고마워하는 티가 안 나거든?"

"그, 그건…."

아츠키는 변명하려는 날 오른손으로 제지해 보이며 시선을 똑바로 맞추었다.

"네 인생은 일단 끝났어."

방금까지의 가벼운 말투와 달리 아츠키는 목소리 톤을 잔뜩 낮추었다.

"응?"

"상사한테 혼나기만 하는 일상. 동료가 위로해 주긴 해도 남자한테만 빠져 있고. 신입한테도 무시당하는 기분을 느껴왔잖아? 학생 시절의 절친은 불륜 중인 것 같고, 엄마는 잔소리만 해. 확실히 죽고 싶긴 하겠지."

"그걸 어떻게 알았어?"

작게 중얼거리는 내 목소리가 겨울바람에 흩어졌다. 칼바람에 볼이 따끔거리는 것도 잊어버릴 만큼 충격에 빠졌다. 점쟁이가 내 신상을 정확히 알아맞히면 이런 기분일까?

―다들 빛 속에서 살고 있는데 나만 그 그림자 속에 갇혀 있는 것 같다.

전에 일기에 적었던 내용이 가슴에서 아프게 떠올랐다.

아츠키는 내 마음을 안다는 듯 말했다.

"하지만 오늘부터 새로 태어나는 거야."

"무슨 뜻인지 모르겠어."

솔직한 감상을 말하자 아츠키는 "그렇겠지." 하고 태연히 대답했다.

"넌 올겨울에 죽을 운명이었어. 그걸 피했으니까 새로운 인생이 기다리고 있겠지."

마치 드라마 대사 같은 말이었다. 말뜻은 알아도 이해를 못 하고 있는데 아츠키는 천천히 몸을 일으켰다. 상현달을 등지고 서자 그의 표정이 어둠에 가려졌다.

하얗게 반짝이는 달은 은은한 빛을 내뿜고 있다. 환상적인 광경 속에서 아츠키는 스읍, 숨을 들이마셨다.

"죽을 운명을 피할 수 있었던 건 살고 싶다고 강하게 바랐기 때문이야."

살고 싶다고…? 내가?

"아냐, 그럴 리 없어."

부정하는 데도 용기가 필요했다. 하지만 정말 그건 아니었다. 그때 나는 내 죽음을 온전히 받아들이고 있었다.

"뭐가 아닌데?"

의아하다는 듯 아츠키가 물었다.

"그건…."

말문이 막혔다. 그때 느꼈던 행복감이 지금은 절망으로 바뀌어 버렸다. 이걸 어떤 말로 표현해야 할지 모르겠다.

"봐. 바로 그게 문제야."

나를 가리키는 아츠키의 손가락을 멍하니 바라보았다.

"그런 식으로 자기가 하고 싶은 말을 안 하니까, 마음속에 온갖 것들을 쌓아두게 되는 거라고. 하고 싶은 말은 시원하게 해 버려야 병이 안 생기지."

어째서일까? 아츠키의 말이 거부감 없이 내 마음에 내려앉았다. 그런데도 마음의 수면이 일렁이지 않고 오히려 침착해졌다.

나는 내 감정을 가만히 마주 보았다. 이런 경험은 처음이었다.

"연기에 휩싸였을 때… 난 이제 죽을 수 있다고 생각했어. 그렇게 나도 모르는 사이에 살아가는 걸 포기해 버린 것 같아. 아니, 오히려 계속 죽고 싶었어. 그러니까 내가 살고 싶다고 강하게 바라진 않았을 거야."

구해 준 사람에게 실례되는 말 같지만 내 마음이 그렇게 말하고 있었다.

아츠키는 내 말에 반박하기는커녕 만족스런 표정으로 고개를 끄덕였다.

"하지만 네 마음속 깊은 곳에선 최후의 순간에 살고 싶다고 바란 건지도 몰라. 실제로 어쨌든 간에 죽음을 피할 강력한 힘이 발

동된 거지."

"하지만 그렇게까지 강하게 바랐던 것 같지…."

소심한 말투로 끈질기게 우기는 내게, 아츠키는 입가의 미소를
거두며 말했다.

"이번 죽음을 피했다고 해도 그건 집행유예 같은 거야."

"집행유예?"

"6년 뒤인 12월 15일이 기한이야. 그때까지 운명은 수도 없이
네게 '죽음'을 부여할 거야. 그걸 네 힘으로 극복해 내면 넌 어엿한
자유의 몸이 될 수 있어."

"그렇게 몇 번이나 죽을 고비를 마주한다고? 저, 저기… 그게 언
제부터인데?"

알아듣기 힘든 대화를 필사적으로 따라가기 위해 집중했다.

"언제 찾아올지… 지금으로선 말할 수 없어. 네가 상황에 휩쓸
리지 않고 하루하루를 착실히 살아가면 알 수 있을 거야. 그러니
까 이제부턴 명확한 자기 주관을 갖고 살아야 해."

6년 뒤 12월 15일까지 몇 번이나 죽을 고비를 맞는다니. 너무
비현실적으로 느껴졌다.

"미안하지만 지금 내 머리로는 정리가 안 돼. 애초에 넌 정체가
뭐야? 왜 6년 뒤인 건데? 왜 나한테 그런 말을…."

시선을 돌려보니 불타고 있던 빌딩은 진화 작업이 끝났는지 암
흑 속에 잠긴 채 소방차의 붉은 경광등만 반짝이고 있었다. 지금

이게 정말 현실인 걸까.

"난 너의 안내자라고 보면 돼."

"전혀 이해가 안 돼."

고개를 젓는 나를 보는 아츠키의 눈동자가 왠지 모르게 슬퍼 보였다.

"아까도 말했지만, 넌 올겨울에 죽을 운명이었어. 겨우 살아남더라도 얼굴에 화상을 입어 다시는 웃을 수 없게 됐을 거야."

"원래는 그런 운명이었다는 얘기야?"

비현실적인 대화를 어떻게든 따라가려 했지만 내 머릿속엔 계속 의문부호가 꼬리를 물었다.

"내가 널 구하면서 운명은 바뀌었어. 왼팔에 가벼운 화상만으로 끝난 것도 그 덕분이고."

아츠키의 말에 왼팔을 보니 그동안 잊고 있던 통증이 다시 돌아왔다. 아츠키가 내 팔을 바라보며 말했다.

"그 화상은 금세 나을 테지만 흉터는 남을 거야. 하지만 원래 짊어져야 했던 '운명'에 비한다면 아무것도 아니지. 자, 봐. 나도…."

아츠키는 오른손등을 보여 주었다. 그곳에는 나와 마찬가지로 화상으로 생긴 물집이 여러 개 나 있었다. 나 때문에 아츠키까지 다치다니.

"미안해."

"괜찮아. 그 대신 약속해 줘. 오늘 밤부터 새로 태어나기로 맹세

하는 거야."

나는 대답할 말을 찾지 못하고 발밑만 내려다보았다. 미카 팀장에게 혼날 때처럼 무의식중에 명찰을 만지작거리는 걸 깨달았다. 고개를 들자 아츠키의 입가에 미소가 맺혀 있었다.

"설령 다른 사람에게 자랑할 만한 네가 아니더라도 비하하진 말고 살아갔으면 해. 네 마음을 속이지 말라는 거야. 그리고 매일 웃으면서 생활했으면 해."

"너무 많아서 못 외우겠어."

아츠키는 알겠다는 듯 고개를 끄덕거렸다.

"확실히 그렇겠네. 그럼 이것만 약속해 줘. 하루하루를 휩쓸리지 않고 충실히 살아가 줘."

"응."

고개를 끄덕이는 나를 보며 아츠키가 눈을 가늘게 떴다.

"네 인생은 지금 막 시작된 거야. 12월에 또 만나러 올게."

그렇게 말한 아츠키는 눈앞에서 사라져 버렸다. 눈 깜빡할 사이에 마치 공기 속에 녹아 버리듯이.

"아츠키?"

중얼거리는 내 목소리가 내 귓전에 들리는 사이 내 눈앞은 또다시 까맣게 뒤덮였다.

# 막간

인간은 잃고 나서야 깨닫는 어리석은 생물.

그 화재가 발생한 날, 타오르는 화염과 함께 당신의 세계는 색채를 잃었다.

그때까지 존재하던 평범하고 지루한 나날들.

그게 얼마나 소중하고 멋진 것이었는지 당신은 비로소 깨닫게 된다.

시간은 되돌릴 수 없고 당신은 후회하고 괴로워하면서도 계속 살아갔다.

절망이 공기처럼 맴도는 일상은 얼마나 괴로울까.

슬픔과 고통의 감정, 그것은 우리 곁에 있는 사람들까지 감염시킨다.

그래서 나는 바랐다.

운명이 덮쳐온 그 밤의 당신을 구하고 싶다고.

이제부터 당신의 겨울이 시련의 연속으로 바뀌더라도….

**25살**

# 가면이 깨지는 소리가 들렸다

"벌써 스물다섯이나 됐어?"

큰이모 치에코가 나이 얘기를 꺼내면 주의해야 한다.

집 근처에 있는 체인점 이자카야에는 우리 친척 외에 다른 손님은 없었다. 그러니 치에코 이모의 꼬장꼬장한 목소리를 그 자리에 모인 친척 전원이 들었다.

상황이 영 안 좋게 흘러간다 싶어 화장실 가는 척 자리에서 일어나려는데, 내 어깨를 꽉 짓누르는 손이 있었다. 엄마다.

"그래, 언니. 언니도 한 소리 좀 해 줘."

엄마는 웃는 얼굴로 있는 힘껏 어깨를 짓눌렀다. 나는 일어나려던 걸 단념하고 다시 자리에 앉을 수밖에 없었다. 이 꼭 닮은 자매는 무슨 뜻인지 모를 "아하~." 하는 감탄사를 나란히 내뱉더니 좌우에서 내 얼굴을 뚫어지게 바라보았다.

"나츠미! 만나는 사람 없어?"

"벌써 스물다섯이나 먹었는데 아직도 없어."

두 사람의 공격에 나는 맥이 빠졌다.

"아니⋯ 그렇다고 누구 피해 주는 것도 아니잖아."

엄마는 이때라는 듯 잔뜩 상기된 얼굴을 내게 들이밀었다. 톡 쏘는 술 냄새에 얼굴이 찡그려졌다.

"피해 보는 사람은 없지. 그래도 이 엄마를 좀 안심시켜 달라는 말이잖니."

"맞아. 넌 네 엄마가 불쌍하지도 않니? 그리고 좀 꾸미고 다녀라. 화장도 너무 얇잖아."

평소엔 서로 헐뜯기 바쁜 이 자매가 왜 이럴 때만 손발이 척척 맞는지 모르겠다. 친척들은 다 들릴 텐데도 안 들리는 척 다른 대화 주제에 열중하고 있다.

"청바지가 편해. 그리고 쉬는 날 정도는 내 마음대로 화장해도 되는 거 아냐?"

10년 전에 돌아가신 외할머니의 제사는 매년 11월 마지막 일요일에 지냈다. 하지만 지난 몇 년 동안은 외할머니를 추억하는 분위기는 사라지고 단순한 술자리로 변해 버렸다.

도움을 요청하기 위해 나보다 한 살 많은 사촌 토모코에게 시선을 보냈다. 하지만 그녀는 올해 두 살 먹은 아이를 돌보느라 내게 눈길조차 주지 않았다.

"아, 진짜⋯."

미지근해진 맥주를 들이켰지만 지금의 위기를 쉽게 벗어나진 못할 것 같다. 아빠는 대화에 끼어들지도 못하고 이쪽을 힐끔힐끔 살피기만 할 뿐이다.

치에코 이모가 자세를 고쳐 앉으며 말했다.

"하지만 너, 이제 결혼하지 않으면 슬슬 힘들어진다."

치에코 이모가 진지한 표정을 지으면 잔소리 타임의 시작이다. 엄마도 거들 듯 과장스런 한숨을 쉬었다.

"답답해 죽겠다니까."

답답한 건 나지 엄마나 큰이모는 아닐 텐데. 하지만 그런 말을 입 밖에 냈다간 몇 배의 잔소리로 돌아올 걸 알았기에 잠자코 있었다.

내가 할 말을 못 하는 건 어디서나 똑같아 침울한 기분까지 들었다. 하지만 치에코 이모는 그런 내 기분을 신경조차 쓰지 않고 고개를 갸웃거렸다.

"좋아하는 사람도 없니?"

"없는데."

"회사에 괜찮은 독신 남자는 있을 거 아냐?"

"없다니까 그래."

문득 에시마의 얼굴이 떠올랐다.

단순히 독신이라는 단어에서 연상됐을 뿐이다. 다른 남자들은 여자친구가 있거나 나보다 어린 신입밖에 없으니까.

사오리처럼 미팅 중독에 빠지지 않는 이상 요즘 세상에 만남이 그리 쉽게 찾아오지 않는다.

"맞선이라도 보던가. 결혼해야 진정한 어른이 되는 거야."

엄마가 이때다 싶은지 목소리를 높였다.

아, 역시 오지 말 걸 그랬다. 적당히 맞장구를 치며 테이블 위에 술잔이 남긴 얼룩을 멍하니 바라보았다.

"그래도….

치에코 이모의 목소리가 살짝 부드럽게 바뀌었다.

"회사에 불났을 때 화상을 심하게 입지 않고 그정도만 다쳐서 정말 다행이긴 해."

"아, 응."

나는 순순히 고개를 끄덕였다.

이제 며칠만 있으면 12월이니 그 화재로부터 1년이 지난 셈이다. 화재는 아래층 창고의 누전 때문으로 밝혀졌다.

문득 그날 밤의 기억이 생생히 되살아나며 뺨에 닭살이 돋았다. 한 번 재생된 기억은 멈추지 않았다.

그날 밤 의식을 되찾은 나는 옆 빌딩의 옥상에 누워 있었다. 그때 이름이 아미세 아츠키라고 밝힌 이상한 남자와 대화했었고, 이후 내가 다시 정신이 들었을 때는 병원 침대 위였다.

그런데 어찌 된 영문인지 아츠키와 함께 있던 빌딩 입구에 쓰러져 있는 나를 사람들이 발견해서 병원으로 옮겼다고 한다.

나중에 들은 이야기로는 굉장히 큰 화재였고 우리 사무실이 있던 빌딩은 순식간에 화염에 휩싸여 불타 버렸다.

경찰이나 병원 사람들은 "이렇게 가벼운 화상으로 끝났다는 건 기적입니다. 어떻게 옆 건물까지 피한 겁니까?" 하고 물었지만 필사적으로 도망쳤다는 설명밖에 할 수 없었다.

그 뒤로 며칠 동안 회사를 쉬었다.

그때 아츠키가 해 준 말과 그 진지한 눈빛은 지금도 기억이 선명하다.

6년 뒤의 12월 15일이 기한이라고 했다. 아니, 벌써 1년이 지났으니까 이제 5년 뒤였다.

수없이 찾아올 죽음으로부터 살아남아야만 한다니, 역시 현실 같지 않다. 하지만 지난 1년간 그 말이 계속 내 머리에서 떠나지 않은 것도 사실이다.

"이제 화상 자국도 다 나았잖니?"

엄마의 목소리에 퍼뜩 정신을 차린 나는 말없이 왼팔 소매를 걸어 올렸다.

아츠키가 계속 남을 거라고 말했던 화상 자국은 어둑어둑한 조명 밑에선 거의 보이지 않을 만큼 회복되었다. 흉터가 희미해질수록 아츠키가 "매일 휩쓸리지 말고 충실하게 살아 줘."라고 한 말도 흐릿해지는 기분이 들었다.

결국 나는 지금도 멍하니 하루를 보낼 뿐이다. 새로운 인생 같은 건 찾아오지 않았다.

"나츠미, 내 말 듣고 있니?"

엄마의 잔소리에 나는 잠시 눈을 감았다.

1초 뒤, 내 얼굴에는 가면 같은 미소가 달라붙었다.

"알았어. 일단은 애인이 생기도록 노력해 볼 테니까 안심해요."

이렇게 나는 오늘도 거짓말을 하며 살아가고 있다.


점심시간 직전, 책상에서 일어서는 미카 팀장을 보며 나는 불길한 예감에 휩싸였다.

최근 들어 큰 실수는 줄었지만 또 내가 일을 저지른 건 아닌지… 아니, 미카 팀장은 지금 신입 사원 교육만으로도 정신없을 거다.

오늘부터 12월이다. 새로운 한 달이 시작되는 날, 올해 마지막 한 달을 또 우울하게 시작하는 건 아닌지 불쑥 불안해졌다. 덩달아 은밀한 한숨이 새어나왔다.

미카 팀장은 내 옆으로 다가오더니 한 손으로 서류를 건넸다. 익숙한 표지였기에 나도 모르게 자리에서 일어났다.

"이거, 이쿠타 씨가 쓴 기획서지?"

입사 이후 처음으로 올여름 공모전에서 상품화가 결정된 '왼손잡이용 문구 세트'의 기획서였다. 가위와 자, 펜 등 모든 문방구를 왼손잡이용 세트로 판매한다는 내용이었다. 최근에 대형 문구점에서 '왼손잡이용' 코너를 만드는 데서 힌트를 얻은 상품이었는데….

"뭔가 부족한 점이 있나요?"

"자기도 참, 그런 거 아냐. 자신감을 좀 가지래도 그러네. 시제품 제작 의뢰서를 작성했으니까 자기가 보내 줘."

내 얼굴에서 어지간히 안도의 빛이 보였나 보다.

"누가 보면 내가 매일 혼내는 줄 알겠네."

미카 팀장이 쓴웃음을 지으며 말했다.

"그런 뜻이 아니었는데… 죄송합니다."

"사과할 필요 없어. 오히려 다들 자기한테 고마워하는 거 알지? 그 화재 덕분에 그 낡아빠진 사무실이 이렇게 깔끔한 장소로 바뀌었잖아. 뭐, 역에서 조금 멀어지긴 했지만."

씩 웃는 미카. 하지만 마치 그 화재의 원인이 나에게 있다는 듯한 말투였다.

그 화재로 사무실뿐만 아니라 빌딩 자체가 전소되고 말았던 1년 전. 바로 다음 달에 새로운 사무실로 옮겨갈 수 있었던 건 계약되어 있던 부동산 회사의 힘이 컸다고 한다.

이 새로운 사무실은 예전 빌딩 근처에 있는 10층 빌딩의 5층이다. 자리나 기기 배치는 예전과 다를 게 없지만 벽이 유리로 된 넓은 사무실에서는 아직도 새 건물 냄새가 났다.

미카 팀장의 말대로 역에서는 조금 멀어졌지만 인테리어와 쾌적함은 예전과 비교하면 천지 차이였다. 따지고 보면 전부 화재보험 덕분이다.

"아니에요…."

반박하지 못한 나는 또 애매하게 웃고 말았다.

"일단 서둘러 서류를 그쪽에 보내 줘."

미카 팀장이 서류를 클리어 파일에 넣어 건네주었다. 관자놀이 근처에 새치가 난 것을 보고, 황급히 서류 쪽으로 시선을 내렸다.

어라?

위화감의 정체는 서류에 끼워져 있는 명함이었다. 그곳에는 '중앙기획제작'이라는 회사명과 함께 개발부 직함, 전화번호, 이름이 적혀 있었다.

"저기…."

내가 말을 꺼내자 미카 팀장은 "서둘러 줘." 하고는 사무실을 나갔다. 점심을 먹으러 가는 것 같았다.

자리에 앉아 명함을 노려보았다. 평소에 시제품 의뢰서는 다른 지사에 있는 우리 회사 제작부에 의뢰하는 게 관례였다. 외부의 중앙기획제작에 의뢰하는 건 우리가 취급할 수 없는 대형 문구를 제작할 때뿐이었는데….

의아한 생각이 들었지만 미카 팀장이 돌아올 때까지 기다리면 혼날 게 뻔했다.

사오리와 의논하고 싶었지만 그녀는 점심시간마다 올여름부터 새로 사귄 남친과 복도에서 통화하느라 여념이 없었다.

"주임님…."

에시마의 책상을 돌아보자 한창 통화 중인 그는 시선만 마주쳐 주고는 전화 상대와 계속 이야기했다.

일단 시키는 대로 보내는 게 낫겠지.

나는 택배 용지에 주소를 적어 봉투에 붙인 뒤 들고 사무실을 나왔다. 엘리베이터로 향하는 나를 사오리가 발견하고 싱긋 웃으며 손을 흔들었다. 정말, 얼마나 행복해 보이는 표정인지….

1층에 있는 집하 상자에 봉투를 넣고 내 자리로 돌아오니 어느새 12시 20분. 어젯밤 슈퍼에서 마감 세일로 산 빵을 꺼내 먹는데 그제야 사오리가 돌아왔다.

"통화가 너무 길어졌네. 도시락 빨리 먹어야겠다."

저렇게 다급한 척하지만….

"마 군이 전화를 계속 못 끊게 하거든."

결국은 자기 자랑이다. 그리고는 행복의 절정기인지 정말 환하게 웃었다.

연애를 많이 한다는 건 행복한 시간을 많이 체험할 수 있다는 뜻이다. 연애 경험이 한 번도 없는 나로서는 잘 모르는 세계일 뿐이지만 사오리가 행복하다면 그걸로 충분하겠지.

내가 남자를 만나는데 소극적인 건 나 자신에게 자신감이 없어서다. 여유가 없어서다. 결혼에 대한 매력을 느끼지 못해서다. 그리고….

연애 못 하는 이유를 찾는 건 늘 쉬웠다.

사오리가 도시락 뚜껑을 열었다. 요리 학원에 다닌 지 1년이 지나자 사오리의 요리 실력은 놀랍게 좋아졌다.

"마 군한테도 만들어 주는 거야?"

가지각색의 요리로 채워진 도시락은 요리책에 실려도 될 만큼 맛있어 보였다. 깻잎으로 싼 고기완자와 계란말이 안에 끼워진 핑크색 명란젓.

브로콜리 하나를 입에 집어넣은 사오리가 "설마." 하며 미소 지었다.

"마 군은 요새 바빠서 주말에도 겨우 만나거든."

"그래?"

"너도 이제 좋은 사람 찾아야지. 이제 25살이잖아?"

순간적으로 말문이 막혔다. 그리고 나는 오늘도 거짓말의 가면을 썼다.

"아직 25살인 거지. 곧 찾을 거야."

"곧 찾을 거란 말은 작년부터 들었거든? 그러다 어느새 그 빵처럼 마감 세일 신세가 될걸?"

행복한 사람은 자신의 척도로 상대를 본다. 사오리에게 나쁜 의도는 없을 테지만 하는 말에서 나를 깔보는 느낌이 점점 강해졌다. 아니다. 어쩌면 내가 너무 비뚤게 보는 건지도 모른다.

애인이 생긴 사오리는 전보다 눈부시게 빛났고 그건 승자에게만 허락된 우월감처럼 보였다. 너무 눈이 부셔 내 가슴에는 열등감만 쌓아갔다.

할인 스티커가 보이지 않도록 빵을 고쳐 들었다.

"이번 사랑은 진짜야?"

있는 힘껏 반격해 보았지만 사오리는 전혀 동요하지 않고 힘있게 고개를 끄덕였다.

"당연하지. 난 마 군과 함께라면 꼭 행복해질 수 있다고 확신하거든. 후훗, 조만간 중대 발표가 있을지 몰라."

"그렇구나."

웃어 주었지만 어쩐지 사오리와 거리가 좀 더 멀어진 느낌이 들었다.

남은 빵을 한입에 몰아넣고 탕비실로 가서 머그컵을 씻었다. 에시마가 들어왔다.

"들었어요. 왼손잡이용 문구 세트, 이제 본격적으로 추진된다면서요."

"아⋯ 감사합니다."

뭐라고 대꾸해야 할지 몰라 싱크대에서 머그컵의 거품을 씻어냈다. 대화하기 싫어하는 걸로 오해할까 봐 대화 화제를 찾아보지만 무슨 이야기를 해야 좋을지 알 수 없었다.

그런 내게….

"제 도움이 필요하면 언제든 말해요."

그렇게 말하며 사무실로 돌아가는 에시마를 보며 그제야 그가 탕비실에 볼일이 있어 온 게 아니라는 걸 깨달았다. 날 격려해 주러 온 걸까?

기쁜 마음도 잠시, 해야 할 말을 제대로 못 했다는 후회가 고개를 내밀었다.

아무리 사람을 대하는 능력이 부족해도 그렇지, 대화도 이어가지 못하다니…. 언제나 인생의 레일 위에 제대로 올라타지 못하는 나는 지난 1년 동안 조금도 성장하지 못했다. 하루하루가 즐거워지기는커녕 점점 진절머리만 날 뿐이다.

그리고 한숨만 흘러나왔다.


12월 1일 화요일

어느새 12월이 되었다.

그 화재가 있은 지 벌써 1년이 지났다는 게 안 믿긴다.

일기를 다시 읽어 봤지만 역시 밝은 주제는 많지 않다.

언젠가 자식들에게 읽어 주고 싶어도… 그럴 일이 내 인생에서

가능하긴 할까.

사오리는 잔뜩 행복해서 무적 상태다. 상대적으로 나는 존재 자

체가 왜소하게 느껴진다.

나도 저렇게 반짝이고 싶은데.

아츠키와 한 약속도 지키지 못하고 같은 곳만 빙빙 맴도는 기분

이다.

영원히 빠져나갈 수 없는 미로에 갇힌 채 자기 길을 찾아가는 사

람들을 지켜볼 뿐이다.

12월에 또 온댔는데, 아츠키는 정말로 날 찾아올까?

조금이라도 성장했다고 말하고 싶었는데… 포기해야겠다.

아, 오늘도 어두운 일기가 되어 버렸다.

이제 잘게요. 다들 안녕히 주무세요.


다음날은 온종일 흐렸다.

책상 맞은편에 보이는 유리 너머로 무게감이 느껴지는 먹구름

이 하늘을 뒤덮고 있다. 내 기분과 딱 일치되는 하늘이다.

퇴근 시간 전, 사무실의 분위기가 바뀌는 게 보였다.

오늘의 업무 보고를 하던 영업부 직원의 말소리가 뚝 끊겼기 때

문이다. 그들의 시선은 사무실 입구에 쏠려 있었다. 전무가 사무

실에 들어온 것이다.

"3거ᵗ 전무님이 이 누추한 곳엔 웬일이시지?"

사오리가 작은 목소리로 속삭였다.

3거ᵗ라는 건 거대한 체격에 거만한 성격, 거대한 목소리란 뜻

이다. 회사 전체에 널리 퍼진 그의 별명이었다.

실제로 45살이라는 젊은 나이에 전무까지 오른 그에게 나는 좋은 인상을 전혀 받지 못했다. 직접 혼난 적은 없지만 지난 2년 동안 미카 팀장을 통해 내게 주의하라는 경고성 지적을 몇 번이나 받았으니까.

대부분 '붙임성이 없다.', '목소리가 작다.' 같은 사소한 내용이었지만. 뭐, 누구 앞에서든 인사할 때조차 쭈뼛거린다는 건 나도 잘 알고 있었으니까 대꾸할 말은 없었다.

윗사람들을 어려워하는 건 옛날부터 그랬고, 학생 시절에도 담임 선생님과 제대로 대화하기 힘들었다. 하물며 교장 선생님 같은 분들은 말할 것도 없고. 회사에선 실수만 반복하기에 이젠 입지도 좁아서 늘 조마조마하다.

그중에서도 전무의 위압감은 유독 무서웠다.

사오리는 "젊은 나이에 전무가 됐으니까 더 열심히 하는 거지." 라고 말했지만 상대하기 어려워하는 건 나 혼자만은 아닐 것이다.

지금도 럭비를 즐긴다는 전무가 큰 덩치를 움직이며 걸어간 곳은 미카 팀장의 자리였다.

낮은 목소리로 미카 팀장에게 뭔가 말하자 그녀의 얼굴이 딱딱하게 굳었다. 그 시선이 바로 내게 향했다.

"이쿠타 씨, 잠깐만."

짧게 부르는 목소리에 사무실 안의 시선이 내게 집중되었다. 오랜만에 듣는 분노 서린 목소리에 대꾸조차 하지 못한 채 서둘러 미카 팀장의 자리로 갔다.

"이 친구예요."

미카 팀장은 나한테서 시선을 떼지 않고 전무에게 보고했다. 전무는 벌레 씹은 표정으로 나를 내려다보았다.

"자네야?"

으르렁거리는 목소리에 나는 그만 얼어붙었다.

"어제 맡긴 의뢰서 어떻게 처리한 거야?"

얼굴이 새빨개진 미카 팀장이 물었다.

"어제요?"

갑작스런 질문에 생각이 정리되지 않아 사무실 쪽으로 시선을 향했다. 그와 동시에 몇 명의 직원이 내 눈을 피했다. 마치 봐선 안 될 거라도 본 것처럼.

"어제 의뢰서를 제작부에 보내라고 했잖아."

"네?"

제작부에? 아니었어. 분명히 중앙기획제작의 명함이 끼워져 있었으니까 당연히 거기에 보내는 줄 알았는데.

딱딱하게 굳어 버린 내게 전무가 혀를 차며 말했다.

"왜 중앙기획제작으로 보낸 거지?"

"그건…."

명함이…. 나는 머릿속에 떠오른 단어를 문장으로 변환할 수 없었다.

"왼손잡이용 문구 세트를 우리 브랜드로 발매한다는 것 정도는 알고 있었을 텐데. 중앙기획제작과는 대형 문구 상품 개발 제휴를 맺고 있다지만 엄밀히 말해 경쟁사야. 거기에 신제품 정보를 보내는 바보가 어딨지?"

그 말에 나는 아무것도 할 수 없었다. 그런 내게 전무는 더욱 목소리를 높였다.

"신입도 아니고 왜 이런 초보적인 실수를 하는 거야!"

"…죄송합니다."

고개를 숙이는데 눈앞이 순간적으로 흐려졌다. 마음속으로는 그게 아니라고 외치고 있었다. 하지만 그걸 입 밖으로 쏟아 낼 수가 없다.

지금은 그저 이 폭풍이 멈추기만을 바랄 수밖에 없다. 이를 악물며 눈물을 참았다.

"애초에 자네가 제대로 감독을 안 하니까 이렇게 되는 거 아냐?"

분노의 화살이 미카로 향했다. 그녀는 "죄송합니다." 하고 고개를 숙이면서도 나를 노려보았다.

침을 꿀꺽 삼키고 조심스럽게 입을 열었다.

"저기, 그게 아니라요. 명함이…."

"변명은 됐어."

사정을 설명하려는데 전무가 들으려고도 하지 않았다. 눈앞이

캄캄해졌다. 그 명함은 아무 의미 없이 끼워져 있었던 걸까?

뭔가 이상하다고 느끼면서도 미카 팀장에게 제대로 확인하지 않은 게 후회되었다.

늘 이런 식이다. 실패한 뒤에 깨닫는 거. 그걸 경험으로 활용하지도 못하고 매번 똑같은 실수만⋯.

"중앙기획제작에서 연락받고 서류는 파기해 달라고 요청했지만 일단 제품 발매일이 새어나갔다고 봐야 해."

"⋯네."

겨우 목소리를 쥐어 짜내 대답했다. 전무가 내쉬는 숨소리는 훨씬 컸다.

"자네 덕분에 회사의 피해가 이만저만이 아닌데. 미안하다는 말도 할 줄 모르나?"

그 말을 마지막으로 전무는 사무실에 들어올 때처럼 성큼성큼 나가 버렸다.

"정말⋯ 죄송합니다."

눈물이 뚝 떨어졌다. 바닥에 생긴 얼룩이 제대로 보이지 않을 만큼 눈물이 계속 나왔다. 억울해서, 슬퍼서, 힘들어서 나오는 눈물이다.

울면 안 된다고 생각하며 고개를 들자 미카 팀장이 싸늘한 시선을 내게 던졌다.

"대체 언제까지 신입처럼 굴 거야? 이제 자기 몫을 조금은 할 수 있게 됐다 싶었는데. 이쿠타 씨가 제대로 못 하면 내가 혼난다고. 휴우, 중앙기획제작에 전화부터 해야겠네."

무의식중에 또 오른손이 이름표를 만지작거렸다. 난 정말 무슨 일이든 다 망쳐 버리고 모두에게 무시당할 뿐이다. 이상하다고 생각했으면서 왜 제대로 확인하지 않았던 걸까?

손끝으로 'NATSUMI IKUTA'라는 글자가 느껴졌지만 마음은 더 이상 가라앉지 않았다. 오히려 나 같은 게 이 회사 직원이라는 게 창피했다.

몇 번이고 반복되는 비슷한 실수. 나 때문에 모두에게 피해만 끼치는 하루하루. 나 같은 건 없는 게 더 낫지 않을까?

"잠시만요."

어느새 에시마가 내 옆에 서 있었다.

"중앙기획제작에는 저도 연락해서 사과하겠습니다. 하지만 이쿠타 씨가 거기로 보낸 데는 이유가 있을 거예요."

미카 팀장이 발끈하며 나를 돌아보았다. 팽팽한 긴장감을 무너뜨리는 게 이렇게 무서운 일인 줄은 몰랐다.

"이쿠타 씨, 괜찮으니까 말해 보세요."

에시마의 상냥한 목소리에 나는 천천히 입을 열었다.

"저기… 건네주신 기획서에 중앙…기획제작의 명함이 끼워져 있었거든요."

"뭐?"

미카 팀장은 성난 목소리로 받았다. 사무실 분위기는 더욱 험악해졌다.

"설마 자료 확인도 안 한 거야? 중앙기획제작 쪽엔 자세한 내용은 숨긴 채 견적만 의뢰했던 거야. 견적서가 들어있었잖아. 거기에 그런 내용도 적혀 있었을 텐데. 설마 그것까지 보낸 거야."

"앗!"

얼굴에서 핏기가 싹 가시는 게 느껴졌다. 그랬구나. 생각해 보니 명함에만 정신이 팔려서 정작 중요한 자료는 대충 훑어보기만 했다.

"나한테 물어봤어야지. 보고하고, 연락하고, 상담도 할 줄 몰라? 게다가 그건 이쿠타 씨가 기획한 일이었잖아."

"나쁜 의도로 그랬던 건 아닐 거예요. 실수는 누구나 할 수 있잖아요."

상사인 에시마는 늘 이런 식으로 내 실수를 감싸준다. 덕분에 덜 혼날 때도 많았지만 상대가 미카 팀장일 땐 그게 오히려 역효과만 낸다.

아니나 다를까. 에시마의 말을 들은 미카 팀장이 눈을 동그랗게 떴다.

"나쁜 의도만 없으면 괜찮다는 거예요, 지금?"

머리끝까지 화가 난 미카 팀장이 큰 목소리로 말했다. 그 목소리에 그냥 이 자리에서 사라지고 싶었다.

"아뇨, 그렇다는 게 아니라…."

"그럼 조용히 계시던가요!"

미카 팀장은 평소처럼 에시마의 입을 다물게 한 뒤 나를 날카롭게 쏘아보았다.

"이따가 나랑 같이 전무님한테 사과하러 갈 거니까 시말서부터 써놔."

"네…."

고개를 푹 숙이며 벌써 몇 번째 시말서인지 떠올리니 나 자신이 너무 한심했다. 미카 팀장이 발소리를 내며 사무실을 빠져나가자 실내가 술렁거렸다.

"너무 신경 쓰지 마요."

에시마의 따뜻한 말도 나에겐 아무 소용없었다. 에시마도 상사니까 어쩔 수 없이 감싸주는 것뿐 내심 내게 질렸을 게 분명하다.

'퇴사'라는 두 글자가 뇌리에서 서서히 일렁이고 있었다.


역으로 향하는 발걸음이 무겁다. 그저 내 발밑만 보며 걸었다. 날씨가 심상치 않아 거리의 사람들도 목적지를 향해 걸음을 서두르는 게 느껴졌다.

인파에 섞여들지 못하는 나는 점점 뒤처지다가 멈춰 서고 말았다. 확 솟구치는 눈물과 싸워야 했다.

"관둬 버릴까."

그렇게 중얼거리지만 분명 내일 또 회사에 출근하겠지. 선택하지 못하는 겁쟁이가 된 건 언제부터였을까?

복잡한 머리를 끌어안고 생각할 기력도 없이 걷다 보니 통근길에서 벗어나 있었다. 어두운 골목길 너머로 익숙한 건물이 까만 실루엣을 드러냈다. 그곳은 작년 화재 때 아츠키가 날 구해 데려갔던 빌딩이었다.

새로운 사무실로 이주한 뒤에도 가끔 이쪽 길로 올 때가 있었다. 그때마다 나는 아츠키를 떠올렸다.

그의 말을 듣고 용기를 얻었다고 생각했지만 그건 어쩌면 약해진 내가 본 환상이었을지도 모르겠다.

멈춰 서서 까만 하늘을 배경으로 높이 솟은 빌딩을 올려다보았다. 그때는 옥상에서 내려다봤기에 높은 건물인 줄 알았지만, 실제로는 5층 높이의 작은 빌딩이었다. 주변 건물이 낮아서 눈에 잘 띄었을 뿐 화재가 발생하기 전에 우리 회사가 있던 빌딩보다 약간 높은 정도였다.

오늘 밤은 옥상을 올려다봐도 암흑에 파묻혀 아무것도 보이지 않았다.

가로등에 이끌린 날벌레처럼 나도 모르게 빌딩을 향해 걸어왔다. 불이 꺼진 빌딩 현관에는 사람의 기척이 없었다.

아츠키와 만난 지 1년. 목숨을 구해 준 것에 감사하는 마음도 이젠 거의 제로에 가깝다. 오히려 어느 땐 원망스러운 감정까지 생겨났다.

'정말…. 그때 그냥 죽었다면 좋았을 텐데….'

그렇게 중얼거리자 커다란 슬픔의 파도가 마음을 휩쓸었다.

어른이 되지 못하고 옛날과 전혀 달라진 것 없이 같은 장소만 계속 맴도는 기분이었다. 화재가 났던 밤으로 돌아간다면 기꺼이 죽음을 맞이할 텐데….

이렇게 혼자 생각에 잠기다 보면 자기 혐오적인 결론에만 도달한다. 난 대체 지금 뭘 하는 걸까.

집에나 가야겠다고 생각하며 다시 발길을 돌리려 할 때였다.

"오랜만이야."

눈앞에서 아츠키가 싱글거리며 서 있었다.

"꺄앗!"

비명을 지르며 도망치려는 내 팔을 아츠키가 붙잡았다. 그 손을 뿌리치지도 못하고 확 끌려가고 말았다.

손에서 전해지는 온기가 유독 현실적으로 느껴졌다.

"놀라게 해서 미안."

"어, 아니야."

"내가 너무 갑자기 나타난 건가? 하지만 귀신도 아닌데 너무 놀라는 거 아냐?"

"그, 그래도…."

역시 내 입에서 나오는 말은 내 생각과 제대로 연동되지 않아

삐걱거린다. 아츠키는 하얀 스웨터에 청바지 차림으로 그날 밤과 똑같았다.

어쩌면 꿈이었을지도 모른다고 생각했기에 눈앞에 나타난 아츠키에게 어떻게 대응해야 할지 알 수 없었다.

"아츠키는… 역시 저승사자야?"

죽고 싶다는 생각이 들 때 나타난 탓인지 그런 질문이 저절로 나왔다. 큭큭거리는 아츠키가 정말 저승사자처럼 보였다.

슬며시 손을 놓은 아츠키가 바람을 털어내듯 앞머리를 매만지며 나를 봤다.

"직장에서 또 혼난 거지?"

"아….."

"뭐, 네가 실수한 거니까 받아들일 수밖에 없어. 전무나 미카라는 그 사람도 특별히 널 괴롭히려는 건 아니니까."

"자, 잠깐만!"

최근엔 이렇게 큰 목소리를 내본 적이 없다. 내가 낼 수 있는 음량에 스스로 놀라며 가슴의 이름표를 만지려다가 지금은 퇴근 중이라는 걸 떠올렸다.

"어떻게 오늘 일어난 일을 아는 거야? 넌 대체 누구야?"

"누구냐니, 난 아츠키라고 했잖아. 저승사자보다는 수호신에 가깝고."

작년에도 들었던 말에 머리가 혼란스러웠다.

"오늘 회사에서 날 지켜본 거야?"

"그건 아냐. 하지만 알 수 있어. 넌 아주 깊은 실의에 빠져 있어. 작년보다도 훨씬 깊은 곳이지."

"깊은 곳?"

그렇게 물으면서도 그 말이 맞는 건 알고 있었다. 화재가 일어난 밤에 느꼈던 절망보다도 훨씬 깊은 슬픔이 나를 둘러싸고 있으니까. 그건 아주 오래전부터 존재했지만 계속 외면해 온 사이 점점 짙게 변해 버린 감정이었다.

"하루하루를 휩쓸리지 않고 충실히 살아가 줘."

그 말에 퍼뜩 얼굴을 들었다. 작년에 나눈 약속을 나는 조금도 지키지 못했으니까.

아츠키는 엷게 미소 지으며 내 눈을 들여다보았다.

"내 말이 아직 너에게 가닿지 못했나 봐. 넌 자신의 가치를 스스로 깎아내리고 있어."

"그야… 어떻게 해야 하는 건지 모르겠는걸. 잘 해내는 게 아무것도 없는 내 무능함을 깨달으며 하루하루 살고 있어. 그런 일상에서 어떻게 해야 충실히 살 수 있는데?"

솟구치는 슬픔이 눈물로 바뀌어 뺨을 타고 흘렀다. 이렇게 울기만 하는 나날은 내가 바라던 미래가 아니었다. 슬픈 일기만 쓰는 나 자신에게서 벗어나고 싶지만 난 그 방법을 알지 못했다.

아츠키는 코로 스읍, 숨을 들이마신 다음 입을 열었다.

"네 주변에서 '죽음'의 냄새가 나."

"죽음의 냄새?"

갈색 눈동자가 나를 똑바로 바라다보았다. 그 눈에 담긴 슬픔이 두려워 나도 모르게 시선을 피하고 말았다.

"올겨울, 넌 죽게 돼."

담담히 내뱉는 아츠키 말에 온몸에서 힘이 쭉 빠져나갔다. 나는 무너져 내리듯 빌딩 입구에 주저앉으며 아츠키를 올려다보았다.

"괜찮아?"

가로등이 역광으로 비춘 탓에 그의 표정이 보이지 않았다.

"그래… 됐어. 이만큼 살았으면 충분해. 12월이 됐으니까 지금은 겨울이지? 그럼 지금 당장 죽여 줘. 이젠 죽고 싶어."

울기만 하고, 혼나기만 하고, 좌절하기만 하고.

하루하루가 슬프기만 할 뿐이면 뭘 위해 사는 걸까? 애초에 충실하게 사는 건 나한테는 무리였다.

"살벌한 소릴 하네."

"그야, 계속 산다고 달라질 게 없으니까. 즐거운 일도 없고 힘들기만 해."

"그래서 죽겠다고?"

나는 대답하지 않았다. 죽고 싶다고 말하는 건 너무 간단하게 느껴졌다. 모든 걸 리셋하면 새로운 세계에서 다시 태어날 수 있을지도 모르니까.

"흥."

콧방귀를 뀐 아츠키가 팔짱을 끼었다.

"너의 죽음이 너 혼자만의 문제라면 나도 안 말려. 하지만 이번
엔 달라."

"…그게 무슨 뜻이야?"

아츠키는 가볍게 허리를 숙여 나와 눈높이를 맞췄다. 의외로 따
뜻한 눈빛으로 나를 보고 있어서 아까 느낀 슬픔의 색은 찾아볼
수 없었다.

"상상해 봐. 만약에 네 소중한 친구가 슬퍼하고 있다면. 너도 똑
같이 슬픈 기분이 들지 않겠어?"

고개를 끄덕였다. 바로 떠오른 얼굴은 하루미였다.

1년 전, 하루미가 전화로 슬프게 얘기하던 것이 떠오르자 가슴
이 먹먹해졌다. 그때 이후로 하루미가 남자 문제를 이야기하려 할
때마다 나는 일부러 대화를 피해 왔다.

나 따위가 조언해 줄 말은 없다고 생각했고 슬퍼하는 하루미를
보고 싶지 않았던 거다.

"슬픔이란 녀석은 가까운 사람들에게 전염되기 쉽거든. 여기까
진 알아듣겠지?"

알쏭달쏭하지만 "응." 하고 대답했다. 아츠키는 만족스럽다는
듯이 눈꼬리를 내리며 웃었다.

"마찬가지로 네 죽음 때문에 누군가가 죽게 된다면 어떨 것 같

아? 그래도 넌 괜찮을 수 있어?"

"죽음이 감염된다는 말이야?"

"무슨 호러 영화도 아니고, 그냥 비유하면 그렇다는 거지. 뭐, 그 반대의 경우도 있을 수 있고."

"반대?"

나는 아츠키의 의미심장한 말에 눈썹을 찡그렸다.

"누군가의 죽음으로 네가 연쇄적으로 죽게 된다는 말이야. 쉽게 말해 인간은 각자의 감정으로 서로에게 영향을 끼치며 살아가고 있어. 그 영향력이라는 게 굉장해서 자기도 모르게 타인의 감정에 의해 자기 행동이나 생각이 결정되기도 하지."

"미안… 너무 어려워서 못 따라가겠어."

솔직하게 백기를 드는 내게 아츠키는 조금 불만스러운 표정을 지으며 정리했다.

"아무튼, 내가 네 죽음을 막으려는 건 그런 이유 때문이야."

내용을 전부 이해할 순 없었지만, 이런 식의 이상한 대화도 하다 보면 익숙해지는 것 같다. 어느새 아츠키의 말이 진짜인 것처럼 느껴졌으니까.

"만약에 그렇다면? 그래도 죽고 싶어?"

나는 바로 대답하지 못하고 생각했다. 아츠키와는 아직 두 번밖에 만나지 못했지만, 그래도 일단 내 생명의 은인이다. 게다가 나 때문에 누군가가 죽게 된다는 건 견딜 수 없는 일이다.

"그건… 싫어."

내 말을 듣고 아츠키가 내 머리 위로 따뜻한 손이 얹었다.

"착하네."

"내가 애야?"

손을 쳐내고 일어서자 아츠키가 재밌다는 듯 웃었다.

신기했다. 어째서인지 아츠키에게는 내 감정을 있는 그대로 전할 수 있다. 직장 상사 같이 높은 사람이 아니라서 그런 걸까?

아츠키는 천천히 몸을 곧게 뻗으며 하늘을 올려다보았다.

"하지만 운명을 바꾸는 건 어지간한 노력으로 되는 게 아냐. 특히 죽음은 더 성가시지. 그래서 넌 꼭 강해져야만 해."

"그런 건 무리야. 날이 갈수록 점점 약해지는 기분인걸."

"그런가?"

"그렇다니까."

우리 사이로 차가운 바람이 불었다. 아츠키는 두꺼운 구름에 뒤덮여 별도 보이지 않는 밤하늘로 시선을 돌리며 고개를 저었다.

"전무와 미카 팀장은 너라는 사람에게 화를 낸 게 아냐. 네가 저지른 행위 자체를 혼낸 거지. 그러니까 네 인격을 부정당했다고 생각하면 안 돼."

"그래도 사람을 앞에 두고 그런 식으로 말하면 안 되는 거 아냐? 아, 아츠키는 모르지. 사람을 굉장히 깔보듯이 말하거든. 그것도 주변 사람들이 다 듣게."

사무실에 울려 퍼지는 목소리를 떠올리자 내 얼굴이 저절로 찡그려졌다.

"이제부턴 조심하면 되는 거 아냐?"

"매번 비슷한 실수만 하게 돼. 매번 반성은 하는데 자꾸 실수가 생겨."

"후훗."

아츠키가 갑자기 웃어 버리자 순간적으로 어안이 벙벙했다.

"뭐, 뭐가 웃겨? 나도 필사적으로 열심히 하고 있어. 그런데 실수가 나오는 걸 어떡해. 실수하지 않도록 세심한 주의를 기울이는데도 생각지 못한 데서 실수가 생긴다고!"

너무 발끈했다는 걸 깨닫고 내 입을 틀어막았다. 그러자 아츠키가 큰 소리로 웃음을 터뜨렸다.

"아, 미안 미안. 이야기가 너무 유창해서. 회사에서도 그런 식으로 자기감정을 주눅 들지 않고 말할 수 있으면 좋을 텐데."

"그럴… 용기가 안 생겨. 사오리… 아, 동기인 그 애하고는 편하게 얘기할 수 있어. 그런데 윗사람들 앞에선 덜컥 겁이나 무섭다는 생각이 앞서."

"주임은?"

"응?"

생각지도 못한 말에 고개를 갸웃거렸다.

"에시마 주임은 착하니까…. 응, 긴장하지 않고 자연스럽게 말할 수 있는 것 같아."

그러고 보니 상사 중에서 유일하게 안 무섭게 느끼는 건 그 사람뿐이었다.

"미카나 전무가 나츠미에게 친절하게 대해 주길 바란다면 내가 알려 줄게."

"방법이 있어?"

"있어. 잘 기억해. 남들은 쉽게 바뀌지 않아. 하지만 나 자신은 바꿀 수 있어."

"…나 자신?"

"그래, 나츠미. 넌 강해질 수 있어. 그리고 내가 바뀌면 상대방의 대응도 반드시 바뀌어. 넌 상대방이 바뀌기만 바라니까 좌절에 빠지는 거야. 그럴 바엔 너 자신을 바꾸는 게 빨라."

그 말이 내 마음에 쿵 떨어졌다. 아츠키가 말을 이었다.

"아무도 널 싫어하진 않아. 나를 바꾸고 싶다면 상대방을 좀 더 잘 알려고 노력해야 해. 타인을 잘 이해하게 될수록 자기 자신을 인정하고 용서할 수 있게 되니까. 위축된 채로 도망만 치는 건 이제 하지 말자."

찬바람이 뺨을 어루만졌다. 아츠키의 말을 곱씹어보니 어쩐지 기분이 평온해졌다.

생각해 보면 미카 팀장과 전무에게 내가 먼저 잘못했다는 생각이 든다. 서류에 끼워진 명함에 관해 확인하지 않고 넘어간 것도 나였으니까.

자료를 꼼꼼히 읽지 않은 건 나다. 회사에 피해를 끼친 것도 사실이고…. 거기까지 생각하다 내가 완전히 아츠키의 페이스에 말려들었다는 사실을 깨달았다.

"그런데 그게 죽음을 피하는 것하고 무슨 상관이 있는데? 내가 바뀌면 운명도 바뀐다는 거야?"

"아직도 못 믿겠어?"

어이가 없다는 듯 바라보는 아츠키에게 나는 조심스럽게 고개를 끄덕였다.

"아니, 죽음의 예고라니… 너무 비현실적이잖아."

내 목숨이 위태로워질 뻔한 대단한 사건이 있었다면 조금 믿었을 것이다. 하지만 평범하고 지루하면서 슬픈 하루하루가 이어졌을 뿐이다.

"확실히 그러네."

아츠키는 납득간다는 듯 나를 똑바로 쳐다보았다.

"그럼 믿을 수 있도록 힌트를 하나 줄게. 아까 이름이 나왔던 사오리라는 애 말인데."

"아, 응."

아츠키는 가드레일에 걸터앉으며 싱긋 웃었다.

"그 애는 내일 조회 시간에 약혼을 발표할 거야."

"응?"

생각지도 못한 예언에 나도 모르게 목소리가 커졌다.

"만약에 정말 그렇게 되면 내 말을 믿어야 해."

"⋯."

아츠키는 미간을 찡그리는 나를 보며 큭큭 웃었다.

"네 팔에 남은 화상 자국도 내가 예언한 대로 희미한 흉터만 남은 정도였잖아. 안 그래?"

"맞아⋯."

"이번 죽음을 피하는 데는 사오리가 중요한 역할을 맡고 있어."

"사오리가?"

사오리와는 입사 동기이고 옆자리에 앉다 보니 회사에서 자주 대화를 나눈다. 하지만 개인적인 사정은 사오리가 말해 준 이야기밖에 몰랐고, 나도 내 이야기를 먼저 꺼낸 적이 없다. 게다가 사오리는 입만 열었다 하면 남자 이야기다. 그래서 나는 거리를 두고 적극적으로 친해지려 하지 않았다.

"넌 사오리의 본질을 모르고 있어. 단순히 동료로만 보지 말고 그 사람의 마음을 제대로 들여다봐. 사오리는 너를 많이 걱정하고 신경 써주고 있어."

"그래?"

"상대방을 깊이 알게 됨으로써 넌 바뀔 수 있어. 바로 그게 널 구하는 길이야."

아스팔트 바닥을 보며 생각했다. 아츠키의 말처럼 사오리를 알게 됨으로써 무언가가 바뀐다면….

문득 찬바람이 또 머리카락을 흔들었다. 생각에서 빠져나오며 고개를 들었다.

"어랏."

아츠키가 보이지 않았다. 오직 까만 빌딩이 밤의 어둠 속에 가라앉아 있을 뿐이었다.

그래도 아까보다는 마음이 훨씬 따뜻했다.


다음날은 아침부터 사무실에 위화감이 감돌았다.

그도 그럴 것이 늘 아슬아슬하게 출근하던 사오리가 업무 시작 30분 전에 책상에 앉아있었기 때문이다.

마침 청소를 끝낸 나는 서둘러 손을 씻고 자리에 앉았다.

"좋은 아침."

사오리가 손거울을 들고 머리카락을 매만지면서 인사했다.

"조, 좋은 아침."

내 기억으로 그녀가 이렇게 일찍 출근한 적은 한 번도 없었다. 설마 약혼 발표 때문인가?

"일찍 출근했네?"

자연스럽게 물어보았다.

"그런가?"

거울에 시선은 고정한 채 태연하게 대답하는 사오리였다.

아츠키 말 때문에 괜히 긴장됐다. 사오리의 마음을 똑바로 들여다보기로 결심했건만 다가서기 힘든 분위기에 기선을 제압당한 기분이다.

어젯밤은 내 나름대로 사오리에 대해 생각해 보았다. 그녀의 마음을 들여다보려 했지만 생각하면 할수록 내가 그녀의 정반대 위치에 서 있다는 사실만 뼈저리게 깨달았다.

사오리는 밝고 사교적이며 그녀 주위엔 늘 미소가 피어난다. 반면 난 얕고 좁은 인간관계였다. 만약 지금 내가 죽으면 누가 슬퍼해 줄까?

그런 생각에 잠들지 못한 채 아침을 맞이했다.

사오리의 마음을 들여다보려다 괜히 내 단점만 들춰낸 꼴이었다. 상대방을 알수록 나를 더 잘 이해하게 되는 건지도 모르겠다.

사오리와 거울을 통해 눈이 마주쳤다. 아이라인이 30% 정도 두꺼워졌고 아이섀도는 처음 보는 반짝이가 들어간 파란색이다. 평소보다 화장에 잔뜩 힘을 준 모습이었다.

"저기, 무슨 일이라도 있는 거야?"

나는 꺾이지 않고 물어보았다.

"헤헤, 그냥."

기분이 좋다는 게 전해져 왔다. 정말 아츠키의 예언이 맞을까?

설마 아니겠지. 아츠키의 말은 너무 기상천외했다. 애초에 아츠키의 정체도 모르면서 난 왜 그의 말을 믿는 걸까?

생각하는 대상이 사오리에서 아츠키로 옮겨갔다는 걸 깨닫고 다시 옆자리의 사오리에게 집중했다. 너무 빤히 본 탓인지 사오리가 내 쪽을 돌아보았다.

"역시 오늘 화장을 너무 요란하게 했나?"

"아냐. 잘 어울려."

이건 진심이었다. 실제로 사오리의 날카로운 눈매가 살짝 강조되면서 더욱 미인으로 보였다.

"그래? 다행이네."

핑크색 입술로 미소 짓는 사오리는 평소보다도 훨씬 행복해 보였다.

"저기, 사오리. 혹시나 해서 하는 말인데."

내가 단도직입적으로 물으려 했을 때였다.

"이쿠타 씨."

날 부르는 섬뜩한 목소리가 들렸다. 돌아보니 미카 팀장이 내게 손짓하고 있었다.

"네."

아직 업무 시작 전인데….

하지만 내가 또 뭔가 실수라도 한 거겠지. 힘없이 미카 앞으로 걸어갔다.

"이것 말인데."

미카 팀장이 서류를 내밀었다. 익숙한 표지를 보니 내가 작년에 만들려 했던 '다목적형 스테이플러 ~멀티 군~'이었다.

"실은 이거, 업무용으로 제품화하라는 요청을 받았어."

"네?"

아닌 밤중에 홍두깨 같은 이야기였다. 작년에 그 기획서는 엄청난 혹평과 함께 분쇄기에 갈려 나갔으니까.

"그게 말이지…."

미카 팀장이 쑥스러워하는 것처럼 보이는 건 기분 탓일까?

"그때 반려시키긴 했지만 혹시나 하는 마음으로 다른 회사에 이야기해 봤거든. 그랬더니 1년 만에 만난 '미세스 문구'의 담당자가 큰 관심을 보이더라고. 그래서 자료를 다시 정리해서 보내 줬지."

'미세스 문구'란 이 지역을 중심으로 많은 지점을 운영하는 대형 문구 판매점이다. 그곳의 담당자에게 상품성을 인정받았다는 걸까?

"그랬군요…."

평소처럼 애매한 대답을 하다가 문득 깨달았다.

물어보고 싶은 게 있다면 정확히 물어봐야 한다. 나 자신을 몰아세우며 미카 팀장을 똑바로 바라보았다.

"팀장님이 그걸 직접 전달해 주신 건가요?"

그러자 미카 팀장은 내가 처음 보는 미소를 지으며 말했다.

"그때는 시대에 부합하지 않는다고 판단했는데 업무용이라면 괜찮을지도 모른다는 생각이 들었어. 이쿠타 씨한테 너무 심하게 말한 것 같아서 나름 미안하기도 했고."

"가, 감사합니다."

이게 꿈인가 생시인가. 마침 울리는 업무 시작 종소리가 그렇게 반가울 수 없었다.

자세한 이야기는 나중에 하기로 하고 내 자리로 돌아왔다. 의자에 앉고서도 아직 꿈속에 있는 기분이었다.

현실처럼 느껴지지 않는 이유는 내 기획서가 폐기되지 않았기 때문만은 아니었다.

'미카 팀장이….'

혼잣말처럼 중얼거리며 멀리 떨어진 그녀를 바라보았다. 그녀가 그 기획을 주변에 알리고 다녔다는 게 가장 놀라웠다.

"잘됐다."

작은 소리로 말을 건네는 사오리에게서 좋은 향기가 났다.

왠지 오늘은 평소와 다를 거란 예감이 들었다.


조회는 매일 아침 8시 30분에 시작된다.

날마다 돌아가면서 각 부서의 주임이 사회를 맡고, 경제 상황과 영업 이익, 예산과 실적 등 수치에 관한 이야기를 듣는다.

오늘은 에시마 차례였다. 그는 조금 긴장된 표정으로 사무실 한가운데에 서 있었다.

아, 오늘도 자다 일어난 머리처럼 뾰족하게 뻗쳐 있네. 그와 눈이 마주친 나는 살짝 미소를 지어 주었다. 그때 가슴이 나도 모르게 두근거렸다.

나는 황급히 시선을 피하며 이름표를 만지며 왼쪽 가슴을 억눌렀다.

"그럼 오늘 조회를 시작하겠습니다."

그렇게 선언하는 목소리는 듣기 좋은 저음이었다. 못난 나를 늘 신경 써주는 건, 그가 내 상사이기 때문이다. 그것 말고 다른 이유가 있을 리 없다.

하지만… 저 멀리서 주가를 이야기하는 에시마를 지켜보고 있으니 가슴이 따뜻해지는 기분이다.

평소에 내가 알아들을 수 없는 전문 용어가 나오면 그저 멍하니 딴생각에 잠겼는데, 지금은 에시마의 말을 놓치지 않으려고 집중했다. 이런 나를 들키지 않으려고 억지로 옆을 돌아보니 사오리가 조금 이상해 보였다.

평소 같으면 졸린 얼굴을 숨기지 않던 사오리가 지금은 긴장으로 딱딱하게 굳어 있었다. 그러면서도 뭔가 설레는 표정을 지어 보이기도 했다.

"그 애는 내일 조회 시간에 약혼을 발표할 거야."

아츠키의 예언이 떠올랐다. 설마 하는 마음으로 관찰했지만 사오리는 가만히 앞만 바라볼 뿐이다.

조회도 후반에 접어들어 다 함께 '사훈'을 제창할 차례였다. 모두가 나른해 보이는 목소리로 복창한 뒤에 에시마가 마무리 멘트에 들어갔다.

"그럼 오늘 하루도 잘 부탁드립⋯."

"잠시만요!"

사오리가 오른손을 들며 에시마의 말을 끊었다.

"죄송합니다. 잠깐 한 말씀만 드려도 될까요?"

사오리는 에시마의 대답도 듣지 않고 앞으로 걸어갔다.

사무실 한가운데로 나아간 사오리는 그 자리에 있는 모두에게 들릴 만큼 크게 숨을 내쉬었다.

직원들이 무슨 일이냐고 술렁거렸다.

사오리는 천천히 고개를 숙였다가 얼굴을 들었다. 그 얼굴에 만면의 미소를 피우며 말했다.

"제가 약혼했습니다."

사무실이 쥐 죽은 듯 조용해졌다. 아주 긴 시간처럼 느껴졌지만 그건 나 혼자만의 느낌일지도 모르겠다.

다음 순간 박수와 환호가 사무실 안을 가득 채웠다. 나도 얼떨결에 손뼉을 치며 믿기지 않는 심정으로 그녀를 바라보았다.

상기된 얼굴로 직원들의 질문에 대답하는 사오리는 무척 행복해 보였다.

두 번째 종소리가 멀리 들려왔다. 각자 업무를 시작해야 할 시간인데도 축하 분위기의 사무실에서는 축복의 말이 이어지고 있었다.

'말도 안 돼.'

나도 모르게 흘러나온 내 목소리에 이게 꿈이 아니라는 걸 자각했다.

아츠키의 말이 현실이 되다니. 그렇다면 아츠키가 말한 내용이 진실이라는 게 증명된 셈이다.

아직도 종소리의 여운이 남아 있었다. 그건 마치 새로운 일상이 시작될 신호처럼 느껴졌다.

12월 3일 목요일

믿기지 않는 일이 벌어졌다.

조회 시간에 사오리가 약혼을 발표한 것이다.

약혼한 것 자체에 놀란 게 아니라 아츠키의 예언대로 됐다는 게 경악스러웠다.

조회가 끝난 뒤 간신히 "축하해."라고 말했는데 이건 무슨 예지 몽 같은 걸까?

아니, 그건 틀리다. 어제 나는 분명 아츠키와 만났으니까.

그건 현실이었다.

하지만 그걸 인정한다면 아츠키가 말한 대로 내게 '죽음'이 다가 오고 있다는 것도 현실이라는 말이다.

…죽어도 상관없다는 생각은 아직 갖고 있다.

하지만 나 때문에 다른 누군가 죽을지도 모른다는 말을 들었으니 경솔하게 생각할 수도 없다.

아츠키는 분명 "사오리가 중요한 역할을 맡고 있다."라고 했다.

내일부터는 아츠키의 조언대로 그녀의 마음을 똑바로 들여다봐야겠다.

하지만 어떻게? 내 마음도 잘 모르는 내가 과연 남의 마음을 잘 들여다볼 수 있을까?

뭔가 장대한 몰래카메라 기획에 말려든 기분이다.

하지만 어째서일까?

살짝, 아주 살짝 긍정적인 감정이 싹이 튼다. 내가 바뀔 수도 있다는 생각이다.


사람은 행복의 절정에 달하면 심리적인 여유가 생기나 보다. 사오리는 아까부터 내게 다이어리를 펼쳐놓고 자기 스케줄을 열심히 설명해 주고 있다.

역 앞 호텔의 맨 윗층 라운지였다. 손님은 많지 않았고 사오리의 사랑스러운 목소리가 음악처럼 들려왔다.

내가 직설적으로 "너에 관해 알고 싶어."라고 점심시간이 끝나갈 때쯤 부탁하자, 사오리는 바로 스마트폰 어플로 이 가게를 예약했다.

그렇다고 오늘 퇴근길에 바로 가게 될 줄은 몰랐다. 나는 고급스러운 음식을 앞에 두고 아직도 적응하는 중이다.

"일정이 있는 날이 이렇게 많은 거야?"

사오리의 핑크색 다이어리는 공백이 거의 없을 만큼 특별한 일정으로 꽉 채워져 있었다.

동글동글한 글자로 신부 미용 관리와 요리 학원, 요가 등의 스케줄이 적힌 게 보였다.

"오늘은 우연히 약속이 펑크 나면서 시간이 빈 거야. 난 뭐든 깊이 파고드는 성격이라 한 번 뭘 배우기 시작하면 중간에 관둘 수가 없거든. 예를 들면 요리 학원이 그래. '초급반'이 끝난 다음엔 '중급반', 그리고 '상급반'으로 이어지고, 그것까지 전부 마치고 나니까 '특대생 클래스'가 있더라니까?"

재밌다는 듯 말하는 사오리는 정말 다양한 수업에 참여하는 중이었다.

"여기, '청정'이라고 써놓은 건 뭐야?"

내일 날짜에 적힌 글자를 가리키자 "아." 하고 사오리가 웃었다.

"이건 '청소와 정리 정돈 학원'이야. 뭐, 쉽게 말해 신부 수업이지. 많은 걸 배우긴 하는데 체력이 필요한 일이라 엄청 힘들어. 이것도 끝없이 배워야 하는 종류의 수업이야."

"허억!"

그녀의 노력에 순수하게 감탄했다. 단순히 남녀 미팅을 좋아하는 동료로 생각했던 내 시선을 반성했다.

다른 시선으로 보니 사오리는 퇴근길인데도 완벽한 화장에 머리카락 한 가닥도 흐트러지지 않은 모습이었다. 손끝에는 얇게 칠한 매니큐어가 반짝거렸고 몸에 걸친 블라우스는 한눈에도 비싸 보였다.

아까 웨이터에게 맡긴 명품 윗옷도 내 싸구려 코트와는 차원이 달랐다.

새삼 내 모습을 확인해 보면 몇 년 전에 샀는지 모를 스웨터에 수수한 색의 치마를 입고 있었다. 단순한 창피함을 넘어 나 자신이 초라하게 느껴질 정도다.

시야에 들어온 다른 테이블의 손님은 귀부인이라는 말이 딱 어울릴 만한 두 명의 중년 여성이었다. 어깨를 위아래로 가볍게 들썩이면서 한 손으로 입을 가리고 웃는 모습조차 기품이 넘쳤다.

평소에 이런 곳엔 올 기회가 없는 나는 마치 낯선 세계에서 길을 잃은 것처럼 안절부절못하고 있었다.

"매일 이런 가게에 오는 거야?"

목소리가 기어드는 내게 사오리가 눈을 동그랗게 뜨며 쾌활하게 대답했다.

"설마. 우리 월급으론 당연히 힘들지. 특별한 사람하고 만날 때만이야. 오늘은 모처럼 네가 만나자고 했으니까… 특별한 데이트잖아."

웃으며 그렇게 말하지만 내가 하루미와 만날 때는 대부분 패밀

리 레스토랑이나 이자카야였기에 당황스러움이 앞섰다.

"역시 기분이 다르지 않아? 자주 갈 수 없을 만큼 비싼 가게에 가면 내가 더 값진 사람이 되는 느낌이 들잖아. 오늘 네가 나에 관해 알고 싶다고 말해 줘서 매우 기뻤거든."

"그랬구나."

고개를 끄덕여 보지만 말한 당일에 오게 될 줄은 몰랐다. 평소에도 옷을 잘 갖춰 입을 걸 그랬다고 내심 반성했다.

"덕분에 통장 잔고는 늘 텅 비지만…."

익살스러운 표정을 짓는 데도 사오리는 무척이나 행복에 겨워 보였다.

"나도 너를 따라 해 볼까? 매일 퇴근길에 뭘 배우러 가는 건 힘들겠지만…."

쓰디쓴 커피에 내 얼굴이 찡그려졌다.

가뜩이나 잔업도 많고 퇴근길엔 기진맥진해서 돌아가는데 더 이상 피곤해질 일을 만들고 싶진 않았다.

"그래! 의외로 재밌어. 마 군하고도 거기서 만났거든."

"아, 그랬어?"

사오리는 약혼자를 뭘 배우면서 만났나 보다. 확실히 사귄 지 얼마 안 된 것 같긴 했다.

내 의문이 표정에 드러났는지 사오리는 뺨의 확 부풀렀다.

"만난 기간보단 얼마나 사랑하느냐가 중요한 거지."

"미안, 미안. 난 그런 뜻이 아니라….."

다급히 오른손을 흔들었다. 이렇게 감정이 얼굴에 다 드러나니 미카 팀장도 내가 안 좋아한다는 걸 다 알 거다.

나는 이제까지 미소로 가면을 쓰고 있다고 생각했지만, 다른 사람들 눈에는 그저 어설픈 흉내로만 보일지도 모르겠다.

"마 군이 요리 학원에 왔거든. 초심자인데도 엄청 잘하는 거야. 그래서 함께 이것저것 배우는 사이에… 뭐, 그렇게 된 거지."

쑥스러운 듯 말하는 사오리에게 나는 "우와!" 하고 맞장구를 칠 수밖에 없었다. 뭔가 행복한 색의 아우라가 반짝반짝 빛나는 것 같았으니까.

홍차 컵을 든 자세도 그럴듯하고 최근 들어 말투도 전보다 부드러워진 느낌이다. 학원에서 배운 영향도 있겠지만 역시 사랑이 사람을 아름답게 만드는 것 같다. 게다가 이렇게 노력한다는 사실 자체가 사오리 본인의 자존감을 더 높여 주는 것 같기도 하고.

사오리의 사적인 면모를 보게 되어 왠지 거리감이 좁혀진 느낌이 들었다. 이제는 그녀가 존경스러워지고 있다.

"너도 밖에서 좋은 만남을 찾아봐. 우리 회사엔 미혼 남성이 얼마 없잖아?"

"나는… 밖으로 나가는 건….."

여전히 나에 대한 화제로 넘어가는 건 곤란했다. 말을 돌리려는데 사오리가 나를 물끄러미 바라보았다.

"역시 그랬구나."

"역시라니?"

미간을 찡그리며 그녀가 무슨 말을 하려는지 짐작해 보았지만 알 수 없었다.

"늘 곁에서 나츠미를 지켜 주는 사람이 있잖아?"

"뭐?"

어안이 벙벙해진 내게 사오리가 싱긋 웃었다.

"주임님 좋아하지?"

주임님이면… 에시마구나. 아침에 순간적으로 떠올린 생각을 들켜 버린 것만 같아 필사적으로 부정했다.

"마, 말도 안 돼."

그러자 사오리는 잠시 아무 말없이 있다가 의자 등받이에 몸을 기댔다.

"하긴. 주임님은 좀 아닌가."

"…응?"

"그 사람, 기가 약해 보여서 결혼하면 고생할 것 같긴 해."

아무렇지 않게 말하는 사오리에게 일단 고개를 끄덕여 보았다.

"나츠미, 똥차는 절대 고르면 안 돼."

고마운 조언으로 받아들여야 할 것 같다. 고개를 끄덕거리는 나를 보며 사오리는 만족한 듯 웃었다.

그녀는 스마트폰에 저장된 마 군의 사진을 보여 주었다. 잘생긴

95

얼굴에 큰 키, 의지가 느껴지는 강한 눈빛. 게다가 27살의 증권맨이라는 완벽한 스펙에 감탄사가 절로 나왔다.

"멋지다!"

"그치?"

턱을 들며 자랑스러워하는 사오리에게 맞장구를 치면서도 왠지 가슴이 계속 술렁였다.

에시마는 기가 약한 게 아니라 마음이 따뜻한 사람이라고 말하고 싶었다. 하지만 끝내 입을 열지 못한 채 또 미소로 얼버무렸다.


일요일은 회사도 쉬고 몸도 마음도 재충전할 수 있는 날이다.

하지만 취미가 없는 나는 가만히 누워 스마트폰만 들여다보며 지낼 때가 많다.

하지만 오늘은 달랐다. 집에 도착해 지친 몸을 침대에 기대자 조명이 눈부셔서 눈이 가늘어졌다. 긴장감에서 해방된 건 좋지만 일요일이 벌써 끝나가고 있었다.

"요리 학원은 어땠어?"

스마트폰 속에서 하루미의 질문이 들려왔다.

사오리와 라운지에서 만났던 날, 요리 학원의 체험 수업에 참가해 보라는 제안을 받았던 나는 오늘 용기를 내서 가 보았다.

"그게 말이지…."

침대에 누운 채로 대답했다.

"체험 자체는 재밌었어. 사오리가 도와준 덕분에 과제였던 슈마이도 잘 완성시켰고. 피부터 직접 손으로 만들 줄은 생각지도 못했거든."

"맛은?"

"으음….."

요리 학원에서 "맛있어!"라고 거듭 말하던 나 자신을 냉정히 분석했다. 확실히 맛있긴 했지만 지금 생각해 보면…

"굳이 직접 만들 바엔 냉동식품이 더 나을 것 같아."

"하하하. 나츠미답네."

"아니… 끝나고 나서 엄청나게 권유하더라니까. 사오리까지 열심히 추천하고. 생각해 본다고 하고 간신히 도망쳐 나온 날 칭찬해 주고 싶어. 어쩌면 좋지?"

하루미가 깔깔 웃었다. 대학 시절부터 오랜 절친이라 그런지 늘 이런 식으로 의지하게 된다.

"시간은 많으니까 천천히 생각해 봐. 사오리 씨의 세계를 엿본 것만으로도 많은 걸 배우지 않았어?"

"확실히 그래. 요즘 들어 같이 있을 때가 많아졌는데 나보다 몇 배는 노력해서 자기를 가꾸더라니까. 난 못 할 것 같아."

"만나본 적은 없지만 분명히 멋진 사람일 거야."

그녀의 사생활을 알게 될수록 많은 게 보였다. 외면뿐 아니라 내면까지도 갈고닦는 모습을 보면 의외로 노력가라는 걸 알 수 있었다.

"어릴 때부터 결혼에 대한 꿈이 있었대. 그래서 퇴근한 뒤에 학원에 다니는 게 전혀 힘들지 않나 봐."

"호오, 대단하네."

"노력하는 게 즐거워 보였어. 나도 조금은 본받고 싶고. 사실 좀 존경스러워."

너무 호들갑인 것 같기도 하지만 사오리가 결혼을 향해 직진해 나가는 모습은 나에게도 커다란 영향을 주었다.

지금까지 정시가 되면 바로 퇴근해 버리는 그녀가 약삭빠르다고 생각하던 나 자신을 반성했다. 사오리는 자기 할 일을 완벽히 해내고 있었으니까.

나한테는 아무 장점도 없다고 부정적인 변명만 늘어놓을 때가 아니었다. 나한테도 뭔가 빠져들 일이 필요했다.

이것은 사오리를 들여다보면서 깨달은 것이다.

"그래서 사오리에 대해 좀 더 알고 싶어. 마음속까지 전부."

"호오. 회사 사람들한텐 관심 없다던 네가 별일이네."

하루미는 놀리듯 말한 다음 물었다.

"그보다 사오리 씨의 약혼자는 만나봤어?"

"아니. 실은 오늘 요리 학원에서 만나기로 했는데 볼일이 생겨서 못 온댔어. 차라리 마음이 놓이더라. 분명히 얼어붙어서 제대로 대화하지 못했을 테니까."

"그렇겠네. 넌 처음 만나는 사람을 어려워하잖아."

하루미는 날 가장 잘 아는 친구다. 하지만….

"저기, 하루미. 무슨 일 있어?"

"…왜?"

그렇게 대답하는 하루미의 목소리는 역시 평소보다 톤이 한참 낮았다.

"목소리에 기운이 없어 보여서."

말하고 나서야 퍼뜩 깨달았다. 넘어선 안 될 선을 넘어 버렸다는걸.

작년 이맘때 하루미가 남자 문제로 상담한 이후로 이 화제는 계속 피해 왔는데 말이다.

"뭐, 일이야 많이 있지."

"응."

다른 화제를 찾고 싶어도 위기 순간엔 잘 떠오르지 않는다. 휴우, 한숨 소리가 들린 다음 하루미는 "실은 말이야." 하고 말을 이었다.

"지금 진지하게 교제하는 사람이 있어."

"진지하게 교제하는?"

"꽤 오래전에 이야기했던 사람인데, 기억해?"

"아… 응."

"사정이 조금 복잡해서…. 아, 미안. 다른 전화가 왔네."

"…알았어. 다음에 통화해."

통화 종료 버튼을 누르며 내심 안도하는 나 자신을 발견했다. 내가 먼저 말을 꺼냈으면서 참 너무하다 싶었다.

나도 자세한 이야기를 듣고 싶고 하루미도 분명 내게 털어놓고 싶을 것이다. 하지만 계속 주저하게 되는 건 내 예상이 옳을 것 같아서다.

화면이 꺼진 스마트폰을 가만히 바라보았다.

분명 하루미는 이뤄질 수 없는 사랑을 하고 있다. 그게 짝사랑인지 아니면 불륜인지는 모르지만.

한 가지 확실한 건 행복한 사랑을 하는 사람은 그렇게 슬픈 목소리로 사랑을 이야기하지 않는다는 거다.


아츠키의 말대로 사오리를 알아간다는 건 나 자신을 알아가는 일의 연장선에 있었다.

그 이후 결국 요리 학원에 등록한 나는 사오리와 자주 대화하게 되었다. 휴일에는 사오리와 쇼핑하러 가서 나한테는 절대 안 어울릴 옷을 권해 주는 대로 사기도 했다.

직장 동료에서 친구로 바뀌어 가는 게 기쁘고 즐거웠다.

하지만 크리스마스가 얼마 남지 않은 23일에 사건이 발생했다.

출근 시간이 한참 지났는데도 사오리가 나타나지 않았다. 매일 아침 아슬아슬하게 오는 편이지만 지각한 적은 없었다. 그런데 전화를 걸어도 전원이 꺼져 있는지 바로 안내 음성으로 넘어갔다.

조회가 끝난 뒤에 부장과 에시마에게 불려갔다.

"사오리 씨에게 뭐 들은 이야기 없나?"

거의 대화해 본 적 없는 부장의 질문에 고개를 저을 수밖에 없었다.

"죄송합니다. 잘 모르겠습니다."

그러자 사내 스케줄표를 보며 걱정스러운 표정을 짓는 에시마가 물었다.

"어제는 연차를 썼었죠?"

"네. 약혼자하고 결혼식장을 예약하러 간다고 했어요."

하와이에서 결혼식을 올리는 게 그녀의 꿈이었다. 내년에 가족과 친구들을 데리고 해변에 있는 교회 예식장에서 거행한다고 한다. 몇 년 동안 예약이 밀렸다는 인기 예식장인데 어쩌다 취소한 사람이 생겨 대리점에 간다며 좋아했다.

깔끔하게 정리된 사오리의 책상을 보니 평소와 달리 위화감이 느껴졌다. 의외로 착실한 사오리는 지금까지 무단결근을 한 번도 하지 않았으니까.

갑자기 솟구치는 불안감에 나는 또 이름표만 만지작거렸다.

"뭐, 무단결근이군 그래."

어이가 없다는 얼굴로 가 버리는 부장의 뒷모습을 보고 사오리에게 한 번 더 전화를 걸었다.

하지만 결과는 마찬가지였다.

결혼식 일정이 정해졌다면 이제부터 바빠질 것이다. 그렇다고 무단결근한다는 건 말이 되지 않았다.

"사오리 선배한테 무슨 일 있어요오?"

내 자리로 돌아오자 리카가 긴 속눈썹으로 눈을 깜빡거리며 PC 모니터 위로 얼굴을 내밀었다.

리카는 요즘 미팅 삼매경에 빠져 입만 열면 상대 남자 이야기였다. '내 꿈은 상향혼上向婚'이라고 선언한 뒤로 화장이 짙어진 느낌이 든다.

"모르겠어. 연락이 안 돼."

주인만 기다리는 의자를 바라보다 다시 리카를 돌아보았다.

"요새 러브러브잖아요. 그냥 하루 쉬고 싶었나 보죠오."

이미 흥미를 잃은 리카는 머그컵을 손에 들고 엉덩이를 실룩이며 탕비실로 가 버렸다.

"그럴 리 없어."

사오리는 이유도 없이 회사를 빠질 사람은 아니다.

조금씩 사오리를 이해하게 됐기에 알 수 있었다.

그날 온종일 사오리에 관한 생각이 머리에서 떠나지 않았다.


다음 날 아침, 웬일로 에시마가 먼저 출근해 있었다. 나를 보더니 헝클어진 머리를 흔들며 다가왔다.

"좋은 아침입니다. 니시무라 씨는 어떻게 됐나요?"

"아직도 연락이 안 돼요."

어제는 몇 번이나 전화와 문자, SNS DM으로 연락을 시도했지만 결국 사오리는 아무 답신도 주지 않았다.

"그런가요? 곤란하게 됐네요."

깊은 생각에 잠기는 걸 보면 에시마가 사오리를 많이 걱정한다는 게 느껴졌다.

"오늘은 출근할 거예요."

희망을 말해 보지만 남는 건 불안뿐이다. 연락도 안 되는데 과연 출근할지….

업무 시작까지 마음이 진정되지 않아 계속 붕 떠 있었다. 에시마도 안절부절못하며 여기저기 돌아다니는 모습이었다. 참 착한 사람이다.

조회가 끝났지만 사오리는 출근하지 않았다. 이렇게 되면 무슨 일이 생겼다고 봐야 했다.

자료를 보다 퍼뜩 깨달았다.

그날 밤 아츠키는 '이번 '죽음'을 피하는 데 사오리가 중요한 역할을 맡고 있다고 말했다. 설마 나 대신 사오리에게 무슨 일이 생긴 게 아닐까?

'사오리의 맨션에 가 보자.'

한 번 떠오른 생각은 구체적인 계획이 되어 바로 실행에 옮길 만큼 마음에 깊이 새겨졌다.

사오리는 나를 위해 이것저것 많이 알려 주었다. 그런 그녀에게 무슨 일이 생긴 게 틀림없으니 행동해야 했다.

예전 같은 관계였다면 그렇게까지 하려고 안 했을 것이다. 하지만 이제 우린 친구였다. 그녀에 대해 알면 알수록 더 좋아졌다.

사오리가 정말 걱정되었다. 만약 내게도 할 수 있는 일이 있다면….

나도 모르게 천천히 몸을 일으켰다. 에시마와 눈이 마주쳤다.

천천히 다가가면서 무슨 핑계를 댈지 필사적으로 고민했지만 에시마의 책상 앞에 서자 아무래도 좋다는 생각이 들었다. 소중한 친구를 위한 일인데 가짜 이유를 만들어 낼 필요가 있을까?

"에시마 주임님. 사오리의 집에 좀 다녀오겠습니다."

"어?"

멍하니 입을 벌리는 에시마에게 당당하게 말했다.

"걱정되어 일을 못 하겠어요. 갑자기 말씀드려서 죄송하지만 오늘 오전 반차 쓰겠습니다."

"알겠어요. 업무에 지장은 없겠죠?"

이렇게 묻는 에시마와 시선을 마주치며 고개를 끄덕였다.

"네. 갔다 와서 마무리 잘하겠습니다."

"그래요. 그리고 무슨 일 있으면 바로 연락 주세요."

"감사합니다."

한 번 더 고개를 숙인 다음 다급히 사무실을 빠져나왔다.


사오리의 맨션에 도착할 즈음엔 겨울인데도 이마에 땀이 흘렀다. 우리 집과는 반대 방향이지만 회사에서는 충분히 걸어갈 수 있는 거리였다. 버스를 탈 수도 있었지만 기다리는 시간이 초조해 필사적으로 달려왔다.

숨을 고르며 정문 현관을 지났다.

여성 전용 맨션은 오래된 건물이긴 해도 내부가 개보수되어 무척 깔끔했다.

마침 관리인이 건물 앞을 쓸고 있어서 맨션 출입문이 활짝 열려 있었다.

슬쩍 눈을 들어 나를 확인하는 관리인은 5, 60대 여성으로 주름이 많은 얼굴에 가늘게 뜬 눈이 날카로웠다. 미카 팀장이 나이를 먹으면 저렇게 되지 않을까. 지난번 왔을 때 보고 사교적인 사람이 아니라는 건 알았기에 살짝 고개를 끄덕이고 바로 엘리베이터를 탔다.

3층의 가장 안쪽 호실이 사오리의 집이었다. 벨을 누르자 안쪽에서 작은 소리가 들렸다.

하지만 그 뒤의 반응은 없다.

다시 눌렀다. 그리고 다시 한번.

끈질기게 계속하자 문 안 아래쪽에서 숨소리가 들려왔다. 잘못

들은 건 아니었다.

"사오리? 거기 있어?"

문에 귀를 대고 물었지만 더 이상 아무것도 들리지 않았다. 신문 투입구를 눌러봐도 택배 상자로 막았는지 안이 전혀 보이지 않았다.

"무슨 일 있어? 응? 사오리!"

몇 번이고 계속 불러대자 이윽고 문이 삐걱 소리를 냈다. 안에서 누군가가 문에 몸을 기댄 것이다.

"나츠미…야?"

"…응. 맞아."

순간적으로 대답이 나오지 않았던 건 너무 힘이 없는 목소리가 사오리 같지 않아서였다.

"무슨 일이야? 어디 아파?"

계속해서 묻자

"하하…."

건조한 웃음소리가 들렸다.

"내가 아픈…. 응, 아픈 걸 수도 있겠네."

"무슨 일인데. 저기, 문 좀 열어 주면 안 돼?"

견디기 힘든 불안감에 나는 목소리를 높였다. 사오리가 코를 훌쩍이는 소리가 들렸다.

"난… 바보였어."

"응? 그게 무슨 뜻이야?"

"이제 글렀어. 전부 다…."

"사오리?"

문 안쪽에 있는 사람이 정말 사오리 맞는 건가.

"일단 열어 봐. 응? 그리고 나랑 얘기해 보자."

"…글렀다니까."

항상 긍정적이던 사오리의 입에서 나왔다는 게 믿기지 않는 말이었다. 이제 불안을 넘어 공포심이 스멀스멀 올라왔다.

정말 말도 안 되는 일이 벌어진 게 아닐까?

"사오리. 문 좀 열어 줘."

"안 돼. 이제 손이 안 닿거든."

"손이? 어… 왜?"

"뻗고 싶어도 이젠 힘이 안 들어가. …손이 닿질 않아."

"무슨 일인데? 응? 사오리?"

"미안해, 나츠미. 내가 멍청했어."

그 목소리를 마지막으로 아무리 불러도 사오리의 대답은 들려오지 않았다.

"어쩌지, 어쩌지…."

나도 모르게 뒷걸음질 치다가 문득 시선을 느끼고 오른쪽을 돌아보았다. 복도 맞은편에서 관리인이 의아한 표정으로 이쪽을 보고 있었다.

"저기요!"

달려가자 그녀는 성가시다는 얼굴로 나를 노려보았다. 하지만 난 거기에 주눅 들지 않고 상황을 설명했다.

"당장 저 문 좀 열어 주세요."

평소의 나였다면 상상할 수 없는 행동력이었다. 그만큼 진심으로 사오리가 걱정됐다.

"뭐? 말도 안 되는 소리. 불법침입인 거 몰라?"

"제 친구가…. 아, 일단 빨리요!"

"안 되는 건 안 돼."

관리인은 점점 완고한 태도를 취했다.

진정하자, 나츠미. 어떻게든 열지 않으면 아츠키의 말대로 사오리가 죽을지도 몰라. 지금 후회되는 일은 왜 어제 여기로 오지 않았었나 하는 것뿐이었다.

아니지. 일단은 지금 할 수 있는 일을 해야 해.

일단 관리인을 설득하는 건 포기하고 스마트폰을 꺼내 긴급 신호 번호를 눌렀다. 손가락이 우스꽝스러울 만큼 덜덜 떨렸다.

"여기 주소가 어떻게 돼요?"

스마트폰을 귀에 댄 나를 보고 관리인은 확 내 스마트폰을 낚아챘다.

"구급 환자요. 네, 주소는…."

안도하며 몸에서 힘이 빠져나갔다. 이젠 구급차가 빨리 와 주기만 바랄 뿐이다.

통화를 마친 관리인이 내게 스마트폰을 돌려주었다.

"정말 감사합니다."

"친구는 괜찮아?"

"…모르겠어요. 아까까지 목소리는 들렸거든요. 지금은 대답이 없어요."

내 말에 관리인은 잠시 허공을 노려보다 주머니에 손을 확 집어넣었다. 다시 꺼낸 손에는 열쇠 하나가 쥐어져 있었다.

"마스터키야. 어차피 구급차가 올 테니까 여는 거야."

"물론이죠! 감사드려요!"

그녀는 사오리 방 앞으로 달려가 열쇠를 꽂아 돌렸다.

찰칵.

금속음과 함께 잠금이 풀렸다.

"사오리, 열게."

문을 연 나는… 그 자리에서 굳어 버렸다.

사오리가 신발장 옆에 쓰러져 있었기 때문이다.

"사, 사오리… 사오리!"

사오리는 한 번도 본 적 없을 만큼 창백한 얼굴이었다. 외출복 차림이었지만 화장은 엉망진창이었다.

이런 사오리는 처음 본다.

사오리 주위에 흩어진 것을 살펴보았다.

파란색 사탕처럼 보이는 저것들은… 수면제인가?

등 뒤에서 스며드는 태양 빛에 그것들이 반짝거렸다.

"죽으려고 한 거야?"

구급차의 사이렌 소리가 들려올 때까지 나는 옆에 있어 주는 것밖에 할 수 없었다.


그로부터 사흘이 지났다.

인생에서 가장 길게 느껴지는 시간이다. 종무식이 끝난 일요일 오후, 드디어 면회가 가능하다는 연락을 받고 병원을 찾았다.

문이 열리면서 중년 간호사가 나왔다.

"니시무라 씨는 괜찮은가요?"

"이제 이야기할 수 있어요. 그보다도 병원 수속 말인데, 신원 보증인으로…."

사오리가 절대 가족들한테는 알리면 안 된다면서 연락처를 알려 주지 않는다고 했다.

"제가 할게요. 나중에 원무과로 가면 되죠?"

내가 적극적으로 나서자 간호사는 그제야 고개를 끄덕이며 자리를 피해 주었다.

"만약에 환자가 흥분하면 바로 너스콜nurse call 눌러 줘요."

"네."

"그쪽 덕분에 목숨에 지장은 없다나 봐요. 빨리 발견해서 정말 다행이죠."

"감사합니다."

세 번 노크하고 심호흡을 한 뒤에 문손잡이를 잡았다.

"나츠미야. 들어갈게."

병실 한가운데에 침대 하나. 그곳에 사오리가 누워 있었다.

"사오리⋯."

내가 다가가자 사오리가 피식 웃었다. 아직 조금 야윈 몸에 안색도 좋지 않았다.

침대 옆 둥근 의자에 앉자 사오리는 얼굴을 천장으로 향했다.

괜찮아?

약은 왜 먹은 거야?

왜 나한테 얘기 안 해 줬어?

입을 열면 온갖 질문이 쏟아져 나올 것 같아 그저 옆얼굴만 바라보았다. 화장기 없는 피부는 아직도 창백했다.

담당의 말로는 수면제를 대량으로 먹었다고 한다. 다행히 위를 세척해 몸에 문제는 없지만 당분간은 정신과 진료가 필요하단다. 퇴원 시기는 일단 해를 넘기고 차도를 지켜보면서 퇴원일을 결정한다고 했다.

"어쩜 좋아. 당분간 금식이래."

가벼운 말투로 입을 여는 사오리를 보자 눈 안쪽에서 뜨거운 것이 울컥했다.

내가 사오리를 위해 울 수 있다는 것을 그제야 깨달았다.

창밖의 풍경으로 눈을 돌리며 눈물을 꾹꾹 억눌렀다. 지금 여기서 울면 안 된다. 울어야 할 사람은 내가 아니라 분명 사오리일 테니까.

"위가 텅 비어서 배고파 죽을 것 같아."

지난 몇 주 동안 사오리를 지켜보며 알게 된 바로는 지금 일부러 밝은 목소리로 말하고 있다.

하지만 그 마음까지는 꿰뚫지 못한다. 아직 그녀의 슬픔을 다 이해할 수 없다.

오른팔에 꽂은 링거관 끝에서는 투명한 액체가 한 방울씩 떨어지고 있었다.

"…회사에는 뭐라고 했어?"

사오리가 힘없이 짧게 물었다.

"독감이라고 했으니까 걱정 안 해도 돼."

"그랬구나. 고마워."

"이제 정월 연휴잖아. 푹 쉬면서 몸조리해."

안심했기 때문일까. 만면에 미소 짓던 사오리의 눈동자가 촉촉해지더니 굵은 눈물방울이 일직선으로 흘러내렸다.

"난… 결혼할 생각이었어."

사오리가 날 바라보았다.

"응."

"하와이에서 결혼식을 여는 게 내 꿈이라는 건 알지? 마 군이 열심히 식장을 알아봐 주는 줄로만 알았어."

"응."

흐르는 눈물을 닦지 않고 사오리는 말을 이었다. 나는 피가 날 정도로 입술을 깨물며 고개를 끄덕였다.

"당연히 기쁘지 않았겠어? 갑자기 예약을 취소한 사람이 나왔다는데."

다시 얼굴을 천장으로 향한 사오리가 자조하듯 코웃음 쳤다.

"사랑하면 눈이 멀어 버리는 건지… 난 마 군을 요만큼도 의심하지 않았어. 전화가 와서 우리가 그 예약을 따내려면 당장 돈이 필요하다고 했거든. 마 군이 절반을 낸다고 해서, 나도 부모님께 고개를 숙이고 대출까지 받아서 마 군의 계좌에 돈을 보냈어. 하지만 그날… 마 군은 약속 장소에 나타나지 않은 거야."

"사오리…."

"전화도 안 받고… 대리점에 갔더니 그런 예약은 받은 적이 없대. 그런데도 난 뭔가 착오가 생겼다고만 믿었어. 200만 엔이야, 200만 엔. 나한테는 정말 큰돈이고, 부모님께 뭐라고 설명해야 할지 모르겠고. 아니, 그보다도 이런 현실을 견딜 수 없었어."

"그랬구나…."

사오리는 견딜 수 없다는 듯 양손으로 얼굴을 감쌌다. 팔이 희미하게 떨리는 게 보였다.

"그런데 나는 아직도 그 200만 엔을 원한다면 전부 줄 수 있다는 마음이야. 돈이 더 필요하다면 좀 더 열심히 일하면 되고…. 그러니까 나한테 돌아와 줘…. 아직도 그런 생각을 해."

"…응."

"많이 좋아했거든. 마 군에게 난 좋은 호구였을지도 모르지만 난 진심이었어. 참 웃기지?"

앙상해진 손끝에서 네일이 벗겨진 게 보였지만 사오리는 아름다웠다.

"안 웃겨. 오히려 화가 나."

내 말에 사오리가 내 쪽으로 고개를 돌렸다.

"너한테 이렇게 끔찍한 상처를 주다니, 너무하잖아. 난 절대로 용서 못 해."

입이 멋대로 움직였다.

"네가 왜 화를 내는 거야?"

"당연히 화나지. 친구가 이렇게 상처 입었는걸. 네가 나한테 얼마나 소중한 친군데…."

어린애 같은 말투로 분개하는 나를 보며 사오리의 눈이 동그랗게 커졌다.

그래, 소중한 친구. 오랫동안 아무 소리도 내지 못하던 내 마음의 한 줄 현을 퉁겨 준 존재. 덕분에 내 마음에서 경쾌한 음색이 들려왔으니까.

눈물에 젖은 사오리의 손을 잡으며 말했다.

"완전하게 회복하려면 시간이 필요할 거야. 내가 옆에 있을게. 오늘부터는 네가 나한테 의지해도 돼."

내 진심이 말로 바뀌어 상대방의 마음에 닿았다.

얼굴을 일그러뜨리며 큰 소리로 우는 사오리를 나도 모르게 끌어안았다.

속았다는 걸 알았으면서도 현실을 받아들일 수 없어 극단적인 선택을 한 거겠지.

계속 곁에 있어 주고 싶었다. 사오리의 마음을 더 많이 이해해 주고 싶었다. 한때 죽고 싶다고 생각했던 게 믿기지 않을 만큼 난 지금 사오리와 함께 살아가고 싶었다.

이런 기분은 처음이었다.

돌아오는 길은 너무 울었던 탓인지 너무 졸렸다. 병원 수속에 많은 시간이 걸린 탓에 버스에서 내릴 무렵엔 날이 완전히 저물어 있었다.

자살미수의 경우는 보험 적용이 안 되고 자비로 부담해야 한다는 설명을 사오리와 함께 들었다. 하지만 그런 건 대단한 문제가 아니었다.

사오리가 살아있어 준다는 것만으로 정말 기뻤으니까.

이제 빨리 퇴원해서 같이 경찰서에 가야 한다. 탐정을 고용하는 게 나으려나….

생각에 잠기며 걸어가는데 앞에 누군가 내 앞에 서 있었다.

"안녕."

싱긋 웃는 얼굴을 본 순간 나는 거의 반사적으로 뛰어갔다.

"아츠키!"

"사오리를 무사히 구했나 보네."

나는 미소 지으며 아츠키를 붙잡았다.

"왜 미리 안 알려 준 거야! 좀더 빨리 갔으면 약을 먹기 전에 말렸을 텐데!"

슬픔과 분노에 휩싸여 어깨를 마구 흔들어댔지만 아츠키는 조용히 당해 줄 뿐이었다. 마치 그렇게 될 줄 알고 있었다는 듯이.

"제대로… 대답해 줘."

흥분을 거우 억누르며 물었다.

"미래를 내 손으로 바꿀 수는 없거든. 바꾼다면 너 스스로 바꿔야 해."

"그게 무슨 뜻이야?"

내가 손을 놓자 아츠키는 괴롭다는 얼굴을 찌푸렸다.

"아츠키는 사오리의 운명을 알고 있었던 거지?"

"응."

"그런데도 알려 주면 안 된다는 말이야?"

"정확해. 그래서 힌트를 준 거야. 사오리의 마음을 잘 들여다보라는 핑계로."

가슴이 아팠다.

그랬구나. 내가 제대로 들여다봤다면 좀 더 빨리 사오리에게 생긴 이변을 알아챘을 거다. 무단결근했던 날에 바로 집에 찾아가 볼 수 있었을 텐데 왜 난 그렇게 하지 않았을까.

잘못은 내가 해놓고 또 남 탓을 하고 있다. 내가 시무룩해진 걸 알았는지, 아츠키는 "괜찮아."라고 말해 주었다.

"사오리는 올겨울 죽게 될 운명이었어. 그걸 네가 구했다는 사실은 바뀌지 않아."

"죽는 사람이 내가 아니었다는 뜻이야?"

"구하지 못했다면 네 마음은 죽었을 거야. 작년의 화재가 첫 번째 시련이었다면 이번 일이 두 번째인 셈이지."

알쏭달쏭한 말이었다. 그런데 아츠키의 입을 통해 들으니 신기하게도 귀에 쏙쏙 잘 들어왔다.

"마음이 죽으면 사람은 어떻게 되는데?"

내 질문에 아츠키는 바람에 맞서듯 눈을 가늘게 떴다. 저번처럼 무척 슬픈 얼굴이라는 생각이 들었다.

"마음이 죽어 버린 사람은 결국 자연스럽게 죽음을 선택하게 돼."

"사오리의 죽음 때문에 언젠가 나도 죽게 된다는 거야?"

불안한 목소리가 하얀 입김이 되어 어둠 속에 흩어졌다.

"맞아. 넌 언젠가 스스로 죽음을 선택했을 거야."

내가 경악하는데도 아츠키는 미소를 지었다.

"그래도 괜찮아. 올겨울에 너는 죽음을 피했어. 사오리와 친구가 되면서 운명이 바뀐 거야."

"그런가?"

나는 고개를 갸웃거렸다.

"바뀌었대도. 일기 내용도 조금은 밝아지지 않았어?"

"앗."

나는 퍼뜩 깨달았다.

최근엔 분명 사오리에 대한 일기만 썼다.

지난 며칠 동안은 사오리를 걱정하는 내용이었다. 하지만 그전에는 요리 학원이나 화장법 등 사오리에게 배운 것들을 메모 삼아 적기도 했다.

"그럼 난 이만 가 볼게. 또 다음 겨울에 보자."

"난 별로 보고 싶지 않은데."

아츠키를 만날 때마다 이렇게 엄청난 일을 겪고 싶진 않다.

"하하, 너무 그러지 마."

콧노래처럼 가벼운 웃음소리를 남기며 사라지는 아츠키의 뒷모습을 배웅했다.

올해도 이제 거의 끝나가고 있었다.

# 막간

마음이 죽은 인간은 가면을 쓴 채 살아갈 수밖에 없다.

웃어야 할 장면에서 미소의 가면을 쓰고 슬픈 장면에선 눈물의
가면을 쓴다.
너무 많이 사용한 가면은 언젠가 깨져 버리며 현실에 깊은 괴리
를 느낀다.
그러다 보면 이윽고 육체의 죽음까지도 선택하는 것이다.

당신도 소중한 사람의 죽음에 망가져 버렸다.
떠올려 보면 난 당신의 진짜 미소를 본 적이 없는 것 같다.
가면 같은 미소에 위화감을 느끼면서도 난 그 본질을 깨닫지 못
했다.

가슴이 아프다.
마음의 아픔뿐만 아니라 태어난 뒤로 날 쭉 괴롭혀 온 이 몸의
통증.

하루하루 갉아 먹힌 끝에 내 목숨은 얼마 남지 않았다.
그걸 받아들일 준비는 되어 있다.

그런데도 "살아라."라며 몸은 산소를 빨아들인다.
분명 그날의 당신도 마찬가지였을 것이다.

빨리 편해지고 싶다고 바라던 날들이 얼마나 괴로웠을까.
절망 속에서 가면 깨지는 소리를 들었을 때.
그건 구원의 음색처럼 경쾌하고 따뜻한 소리로 들렸을까?

# 새로운 절망

사무실의 네 모퉁이에 놓인 가습기가 하얀 증기를 뿜어냈다. 거리의 색감이 짙은 잿빛으로 덧씌워지면서 올해도 겨울이 코앞까지 와 있었다.

사무실 곳곳에 붙여진 '송년회 개최' 안내문을 멍하니 바라보는 점심시간. 11월 30일, 오늘이 참가 신청 마감일이었다.

1년이란 시간이 또 순식간에 흘렀다. 어린 시절엔 그렇게 길게 느껴졌는데 해마다 체감 속도는 빨라지기만 한다.

올해는 뭘 했더라? 아무리 생각해 봐도 회사와 집을 왕복한 일과 요리 학원 정도만 기억에 남았다.

사오리와는 가끔 같이 술을 마시거나 쇼핑을 가지만 가뜩이나 바쁜 그녀가 최근 더 바빠진 참이라….

"참가할 거야?"

사오리의 목소리에 안내문에서 시선을 돌리며 아랫입술을 비죽 내밀어 'NO'라는 의사를 표현했다.

"역시나. 가끔은 그런 데 가서 즐겨도 괜찮은데."

사오리의 말에도 일리가 있다.

입사 직후 '신입 사원 환영회'에 참가한 이후로 나는 회사 술자리는 계속 피하고 있다.

입사한 지 4년 차. 이제는 신입이라 할 수도 없고 "말을 잘 못 하니까."라는 핑계로 도망칠 수만도 없다.

여름의 납량 술자리도 빠졌지만 이제 나 자신을 바꾸는 일에서 계속 도망치면 안 된다는 생각이 들었다. 분명 올해도 나타날 아츠키에게 조금이나마 변화된 모습을 보여 주고 싶었으니까.

가만히 이름표를 만지작거리다가 끝내 결단을 내렸다.

"그럼 올해는 참가해 볼까?"

큰맘 먹고 말을 꺼내고 보니 왠지 조금 기대가 되기도 한다. 나란 인간은 이렇게나 단순했던 걸까?

"별일이네. 재밌게 놀다 와."

모처럼 들떴던 기분이 사오리의 말 한마디에 다시 바람 빠진 풍선처럼 쪼그라들었다.

"놀다 오라니? 너는 안 가?"

회사 술자리에는 빠진 적이 없는 사오리였다. 그녀의 입에서 그런 말이 나왔다는 게 믿기지 않았다.

하지만 바로 그 이유를 알았다. 과시하듯이 왼손을 자기 얼굴 옆으로 들어 보이는 사오리.

"난 이게 있으니까 그렇지."

왼손 약지에서 반짝이는 건 작지만 빛나는 다이아몬드였다.

작년 말의 거창한 실연 뒤, 정월 연휴가 끝나고 복귀한 사오리에게 맹렬하게 대시한 사람이 영업부의 에이스 미즈노였다. 우리보다 한 살 연하인 미즈노는 입사 이후 사오리를 쭉 짝사랑해 왔는데 조회에서 약혼 발표를 들었을 때 끙끙 앓아누웠을 정도였다고 했다.

사오리는 처음엔 거절했지만 지치지 않고 들이대는 미즈노에게 어느새 마음을 빼앗겼다. 그리고 무슨 진도를 그렇게 빨리 빼는지, 그녀는 얼마 전 두 번째 '약혼 발표'를 조회 시간에 해 버렸다. 참고로 그때의 대사는 "제가 또 약혼했습니다."였다.

미즈노는 약혼 사실이 알려지는 걸 반대했다는데, 그가 출장으로 자리를 비운 틈을 타 사오리가 기습적으로 발표했다.

물론 그 자살 미수 사건은 아무도 몰랐기에 미즈노는 '남의 여자를 빼앗은 놈'으로 영웅시되었다. 그 이후로 미즈노와 내가 사오리의 시간을 두고 쟁탈전을 벌이는 상황이 종종 연출된다.

"술자리에 나가지 말래?"

나는 도시락을 열며 물었다. 요즘 일주일에 한 번 정도 직접 만든 음식으로 도시락을 싸 오는 중이다.

물론 사오리의 요리에 비할 수는 없지만 매번 조언받고 있다. 방금도 "녹색이 부족해."라며 색상 배열에 더 신경 쓰라는 지도를 받은 참이다.

양상추 볶음밥을 너무 오래 볶는 바람에 조미료를 빨아들여 갈색으로 변색된 건 사실이었다.

"그런 건 아니고. 그날은 그이 부모님이 오시기로 한 날이랑 겹치거든."

사오리는 기쁜 듯 미소 짓고 있다. 회복할 수 있을까 싶을 만큼 좌절했던 사오리가 다시 행복해진 게 내 일처럼 기뻤다.

"좋겠다. 올해도 난 아무 일도 없었는데."

투덜거리는 나를 보고 사오리 눈이 휘둥그레졌다.

"요리 학원에도 나가게 됐고 술자리에도 참가하잖아. 이것만 해도 엄청난 변화 아냐?"

"그런 것은 특별하지 않잖아."

"본인에 대한 평가는 나보다 타인의 의견이 옳을 때가 많아. 내 눈엔 조금씩 사회에 적응해가는 것처럼 보이거든."

이거 칭찬 맞아?

"너무해."

뺨을 부풀리며 머그컵을 씻기 위해 자리에서 일어났다.

좁은 탕비실에서는 에시마가 커피를 끓이는 중이었다. 나도 모르게 걸음이 멈췄지만 에시마가 기적을 느끼고 돌아보았다.

큰 변화는 아니어도 사소한 변화는 있었다. 그건….

"커피 마실래요?"

"아, 제가 해도 돼요."

딱히 커피를 마시려던 건 아니었는데.

하지만 에시마는 내 머그컵을 자연스레 받아들더니 물에 씻고 나서 드립백을 세팅했다.

"이쿠타 씨는 운이 좋네요. 여름 선물로 받았던 게 딱 하나 남았거든요. 스페셜 블렌딩."

"그런가요?"

"물을 천천히 부으면 더 맛있어져요."

에시마는 커피포트에서 나오는 뜨거운 물을 바라보며 조금씩 부었다. 그와 동시에 수증기에서 좋은 향이 퍼지며 탕비실을 가득 채웠다.

허리를 살짝 숙인 에시마의 가슴에서 빛나는 'ESIMA'라는 금색 글자. 그로 인해 사무실만큼 밝지 않은 탕비실이 마치 아늑한 카페처럼 느껴졌다.

"오래 기다리셨습니다. 자, 여기요."

"고맙습니다…. 잘 마실게요."

눈이 가늘게 휘며 미소 짓는 에시마에게서 머그컵을 받아들고 커피의 김에 숨듯 시선을 내렸다. 너무 눈부셔서 계속 바라볼 수 없는 기분이었다.

도망치듯 사무실로 돌아오자 따뜻하게 난방된 사무실이 아까보다도 후끈하게 느껴졌다.

아주 오래전부터 에시마가 얼마나 좋은 사람인지는 알고 있었다. 몇 번이나 도움을 받으면서 나는 그를 많이 의식하게 됐다. 그리고 생각하지 않으려 해도 한 번 싹을 틔운 감정이 날마다 커져만 갔다.

'아니야.'

나도 모르게 중얼거리며 부정해 봐도 내 감정은 점점 명확해졌다. 머그컵에 담긴 커피도 평소보다도 맛있게 느껴졌다.

"나츠미."

미카 팀장이 손짓으로 불렀다.

"이거 먹을래?"

나는 다가가 작은 매실 과자 봉지를 고맙게 받아들고 나도 주머니에 숨겨 두었던 사탕을 건넸다.

"저도 이거 드릴게요. 이번에 새로 나온 거예요."

"어, 나도 이거 광고에서 본 적 있어. 고마워."

싱긋 웃는 미카 팀장에게 꾸벅 고개를 숙여 주고 내 자리로 돌아왔다.

요즘엔 미카 팀장과도 즐겁게 대화할 수 있게 되었다. 여전히 실수를 자주 하지만, 여러 회사가 합동으로 개최할 예정인 '문구

전람회'를 담당하게 된 미카 팀장은 그쪽에 정신이 팔려 내게 잔소리할 틈이 없다.

오히려 최근엔 내가 미카 팀장의 불평을 들어줄 때가 많았다. 그런데 나도 올해 채용된 신입을 보다 보면 눈썹을 찌푸리게 될 때가 있었다. 인사성도 없고, 업무에 의욕도 없고, 이러이러한 점을 고쳐 달라고 하면 노골적으로 얼굴을 찡그렸다.

나도 신입 때는 저랬겠지….

위치가 바뀌면 시각도 바뀐다는 걸 깨달았다.

의자에 앉은 나는 머그컵을 보물처럼 양손으로 들고 있다는 것을 알아채고 일부러 거칠게 내려놓았다.

고개를 들자 사무실 반대편에 앉은 미즈노가 이쪽을 쳐다보는 게 보였다. 사오리는 스마트폰 게임에 열중하느라 전혀 모르고 있었다.

"남친이 열렬한 시선을 보내는데?"

미즈노에게 들키지 않도록 자연스럽게 알려 주었다.

"놔 둬. 직장에서는 대화하지 않기로 했으니까."

사오리는 공사 구분은 명확해야 한다는 듯 태연히 화면만 조작했다.

"점심시간 정도는 괜찮지 않아?"

"그런 생각이 가장 위험해. 사적인 관계를 회사로 가져오기 시작하면, 거기서부터 규칙이 무너지고 관계도 깨지는 거야."

"그런가?"

반박하는 나를 돌아보지도 않고 사오리는 게임의 세계로 빠져들었다. 사오리도 작년에 실연당한 뒤로는 사고방식을 바꿨는지, 정말로 직장에서는 미즈노와 약혼한 사실을 잊은 듯이 행동했다.

어깨를 으쓱거린 다음, 나도 스마트폰을 들여다보다가 하품을 했다. 점심을 먹은 뒤에는 뭘 해도 졸리다. 그럴 때마다 나도 모르게 에시마에게 시선이 갔다.

만약 내가 사오리처럼 사내 연애 중이라면, 아까처럼 별것 아닌 대화만으로도 지금보다 훨씬 열심히 일할 수 있을 텐데. 그만큼 큰 힘이 될 것 같다.

하지만 에시마는 그냥 상사일 뿐이다.

나 자신을 강하게 타일렀다.

오후 업무 시작을 알리는 종소리가 울렸다.


11월 30일 화요일

이제 11월도 끝나간다.

요즘 일기는 예전과 비교하면 꽤 평온한 기분으로 쓴다.

처음 입사했을 때만큼 일하는 게 싫지도 않고 매일 힘들지도 않으니까.

나도 빨리 사오리처럼 멋진 사람을 만나고 싶은데.

지금이라면 이 일기를 내 자식에게 읽어 줘도 분명 좋아해 줄 것 같아.

힘들었던 시기가 있었기에 지금의 일상이 행복하다.

하지만 평범하다.

사람 욕심은 끝이 없다고 하지만 하루하루를 멍하니 보내는 건

틀림없다.

그나저나 내일부터는 12월인데.

올해도 아츠키가 나타날까?

왜 12월에만 나타나는 거지?

뭔가 의미가 있을 것 같지만, 그 애와 만날 때마다 정신이 없어

서 물어보지 못했다.

올해도 또 슬픈 운명에 대한 예언을 듣게 되려나?

불안하긴 해도 그 애와 만났기에 지금이 있는 것 같다.

분명 긍정적으로.


거기까지 일기를 적었을 때였다.

"나츠미."

아래층에서 나를 부르는 엄마 목소리에 짜증스럽게 펜을 내려

놓았다.

"거의 다 적었는데…."

투덜대며 아래층으로 내려갔다.

"윽."

순간, 진심으로 싫은 소리가 나왔다. 소파에 아빠와 엄마가 앉아 있고 맞은편의 1인용 소파 앞에 찻잔이 놓여 있었다.

이건 이야기가 길어질 거란 신호였다.

"나 이제 졸린데…."

하품하는 척해도 엄마에겐 효과가 없다.

"됐으니까 일단 앉아 봐."

내 주장은 바로 일축당했다. 어쩔 수 없이 소파에 살짝 걸터앉아 언제든 일어설 수 있도록 다리에 힘을 주며 대비했다. 나름 최소한의 반항이었다.

엄마는 몸을 내 쪽으로 기울이며 잔뜩 뜸을 들인 뒤에 "있잖니." 하며 낮은 목소리로 말했다.

"유코가 결혼한다더라."

"유코? 아아, 이바라키에 사는?"

못 본 지 꽤 되는 사촌 동생의 얼굴을 떠올렸다. 나보다 한 살 어리던가?

"네 고모가 전화로 어찌나 기뻐하는지. 얄밉더라니까."

못마땅한 얼굴의 엄마 옆에서 아빠는 난감해하는 눈치다. 엄마의 의견에 반대하고 싶어도 입도 뻥긋 못 하는 게 어제 오늘의 일도 아니니까.

"고모도 그냥 알려 주려고 전화한 거겠지. 축하할 만한 일인데 뭐 어때."

헛바닥이 델만큼 뜨거운 차를 마시며 말하는 내게 엄마는 오만상을 찌푸렸다.

"넌 애가 왜 그렇게 느긋하니?"

이런 상황에선 무슨 말을 해도 소용이 없다. 엄마의 불만을 순순히 들어주고 폭풍이 빨리 지나가기만 기다리는 게 최선이다. 하지만 나는 무심결에 또 맞서고 말았다.

"나도 나름대로 찾고 있거든?"

"대체 몇 년을 찾아야 직성이 풀리는데? 너도 이제 26살이잖아. 이대로 가면 진짜 어른이 못 되는 거야."

"아, 네. 네."

또 나왔다. 엄마의 구닥다리 사고방식.

내 반응을 못마땅해하는 엄마가 말했다.

"결정했어. 너 맞선 봐."

"그만해. 그런 거 싫어."

"안 돼. 더는 못 참아."

"더는 못 참는 건 엄마밖에 없어. 난 이제야 직장 일도 즐거워지기 시작했는데."

"직장만 평생 다닐 거니? 결혼해서 네 행복을 찾아야지."

또 싸움이 날 테지만 순순히 맞선을 볼 수는 없었다. 그때까지 묵묵히 듣고 있던 아빠가 조용히 입을 열었다.

"여보."

엄마가 옆을 돌아보았다.

"나츠미가 행복하다면 원하는 대로 하게 해 줘도 되잖아."

아빠의 느긋한 말에 엄마의 얼굴이 새빨개졌다. 위험을 감지한 나는 소파에서 엉덩이를 뗐다.

"당신은 항상 그런 식이야!"

폭발해 버린 엄마를 보며 아빠는 혼자 구시렁대며 부엌으로 피신했다. 나도 같이 묻어가기로 했다.

"나 내일 일찍 나가야 돼. 안녕히 주무세요."

"나츠미, 아직 얘기 안 끝났어."

못 들은 척하며 계단을 후다닥 올라 내 방으로 돌아왔다. 아래층에선 분명 엄마가 아빠를 쥐 잡듯이 잡고 있을 거다.

적다 만 일기장을 바라보았다. 아까의 즐겁던 기분은 전부 날아가 버리고 가슴에 답답함만 남았다. 엄마의 심정도 이해는 가지만 맞선 같은 걸 보면서까지 결혼하고 싶지는 않다.

원래도 자기주장을 굽히기 싫어하던 엄마는 해가 갈수록 참견이 심해졌다.

내 행복은 대체 뭘까.

머릿속에 떠오르는 에시마의 미소를 애써 지우고 오늘 밤은 이만 자기로 했다.


12월 2일, 목요일.

봄부터 다녔던 요리 학원을 오늘 졸업했다. 그래 봐야 초급반이지만.

중순에 개강하는 중급반을 신청하느라 평소보다 귀가가 늦어졌다. 버스에서 내려 걸었다. 낙엽이 바람에 나부끼는 작은 로터리 구석으로 시선을 돌릴 때였다.

"안녕."

뒤에서 목소리가 들렸다.

돌아보기도 전에 목소리의 주인공이 누구인지는 알고 있었다.

"오늘은 늦게 돌아오네."

아츠키가 목뒤로 양손을 깍지 낀 채 다가왔다.

1년 만의 재회인데도 어제까지 매일 만난 사람처럼 느껴지는 건 왜일까?

"오늘은 학원에 다녀왔거든."

"학원? 호오."

나의 모든 것을 알고 있는 줄 알았는데 요리 학원에 대해선 모르나 보다. 왠지 신기한 기분이 들었다. 하지만 아츠키가 다시 왔다는 건….

"또 죽음의 냄새가 나는 거야?"

"그렇게 서두를 것 없잖아. 진정해."

말을 돌리는 아츠키는 흡족한 얼굴로 가드레일에 걸터앉았다.

옷은 작년과 똑같은 복장이었는데 마치 20살 정도의 남동생처럼 느껴졌다. 어느새 3년째 만나는 건데도 해마다 젊어지는 느낌마저 든다.

마음에 걸리는 건 안색이 안 좋아 보인다는 점이다. 밤이라서 그렇게 보이는 거라고 혼자 짐작하는 내게 아츠키는 긴 다리를 꼬며 말을 꺼냈다.

"이제 12월이네. 요즘은 어때? 충실하게 살고 있어?"

"음. 그럭저럭. 덕분에 고민은 많이 줄었어. 직장 일도 나름 잘하게 됐고. 그런데 그런 건 모르는 거야?"

질문을 질문으로 받자 아츠키가 고개를 갸웃거렸다.

"운명은 매일 변화하는 거니까. 나와 만난 뒤부터 네가 어떻게 바뀌었는지는 나도 모르는 점이 많아."

"그런 거야?"

"그런 거야. 스스로 삶을 바꿈으로써 모든 게 바뀌어 가거든."

그래서 요리 학원도 모르는 거구나. 확실히 지난 1년 동안 커다란 변화는 없었지만 내 사고방식은 꽤 많이 바뀌었다.

몇 년 전까지만 해도 '죽어도 상관없어.' 아니, '죽고 싶어.'라고 생각했었는데. 지금은 왜 그런 생각을 했었는지도 잘 기억나지 않는다.

잠시 틈을 두었다가 아츠키가 말했다.

"올겨울 넌 죽게 돼."

"아… 그래."

134

작년에도 똑같은 말을 들었다. 나는 그게 실제로 일어날 일이라는 걸 안다.

아츠키가 왜 그런 예언을 해 주는지 모르지만 그의 눈동자를 보면 거짓말이 아니라는 걸 안다.

"이번에는 무슨 일이 일어나는데?"

"그건 말할 수 없어."

"아츠키는 왜 내 운명을 알려 주는 거야?"

"수호신이니까."

어딘가 즐기고 있는 듯한 말투였다.

"이번에야말로 나한테 정말 죽을 위기가 찾아오는 거야?"

"글쎄. 아까도 말했지만 운명이란 건 수많은 분기점이 있으니까 어떤 형태로 너에게 죽음이 찾아올지는 알 수 없어. 하지만 네 표정이 평온해 보여서 안심이 돼."

가볍게 몸을 일으킨 아츠키가 천천히 말했다.

"힘내."

그 격려의 말에 나는 무심코 웃고 말았다.

"오늘부터 또 벌벌 떨면서 살아야겠네."

"너답게 살면 돼. 아주 약간의 의지만 필요할 뿐이야. 도망치지 않고 맞설 수 있는 정도. 그러면 운명도 분명 바뀔 테니까."

"지난번엔 사오리가 중요한 역할을 맡았다고 했지?"

"그랬지. 그 애는 잘 있어?"

쌀쌀하지만 상쾌하게 느껴지는 밤바람에 아츠키의 앞머리가 나부꼈다.

"이제 곧 결혼해. 그것도 모르는 거야?"

"전혀 모른대도. 그래도 잘 회복해서 다행이네."

정말 기쁜 듯이 말하는 아츠키를 향해 나도 고개를 끄덕여 보였다. 그래, 정말 다행이야.

지금의 사오리가 있을 수 있는 것도 분명 아츠키 덕분이지.

"이번에는 힌트를 안 줄 거야?"

"좋아."

시원스레 고개를 끄덕인 아츠키가 잠시 생각하다가 조심스럽게 입을 열었다.

"하루미를 어떻게 생각해?"

"응?"

생각지도 못한 이름이었기에 순간적으로 숨을 멈췄다.

"이번에는 하루미와 엮여 있는 거야?"

"내 질문에 대답부터 해 봐. 하루미의 연애 문제를 계속 외면해 오지 않았어? 솔직한 의견을 말해 봐."

"그건…."

머릿속에서 온갖 변명이 떠올랐지만 아츠키에게 거짓말을 해 봐야 의미가 없었다. 그리고 솔직히 내가 하루미의 연애에 관해 갖는 생각은 부정적이었다.

"보고 있기 힘들어."

"어떤 식으로?"

"하루미는 아마도 이뤄질 수 없는 사랑을 하는 거 같거든."

지금까지 계속 얼버무려왔던 그녀의 연애. 하루미는 나와 만날 때마다 사귀는 사람의 이야기를 은연중에 꺼냈다. 때로는 행복해 보였지만 동시에 그 깊숙한 곳에 자리 잡은 감정은 체념에 가깝다고 느꼈다.

"직접 물어본 적은 없지만 아마 유부남이랑 사귀는 것 같아. 그래서 응원해 줄 수가 없어."

"그랬구나."

가볍게 대답하는 아츠키를 보며 뜨거운 콧김이 뿜어져 나왔다.

"하루미는 내 소중한 친구니까 행복해졌으면 좋겠어. 하지만 그 남자에게 빠진 하루미를 보면 부정적인 말을 할 수밖에 없어서 회피하고 있지."

"요즘엔 만나자고 해도 핑계를 대면서 피하고 있지 않아?"

아, 아츠키에게는 역시 숨겨도 소용없다. 나는 어깨를 축 늘어뜨렸다. 그 남자와 사귄다는 말을 들은 이후로 하루미와 만나는 횟수가 확연히 줄어든 게 사실이다.

머리로는 응원해 줘야 한다고 생각하지만 그걸 행동으로 옮길 수가 없다. 아마 하루미도 내가 은연중에 반대한다는 걸 알아챘을 거다.

떨떠름하게 고개를 끄덕이는 내게 아츠키는 "그랬구나." 하고 하얀 숨을 토해 낸 다음 갑자기 심하게 기침을 했다.

"괜찮아?"

내가 놀라며 물었다. 아츠키의 입에서 슈욱슈욱, 숨소리가 목구멍에서 새어 나오고 있었다. 괴로운 듯이 몸을 굽히며 몇 번이나 기침한 아츠키가 간신히 숨을 골랐다.

"감기에 걸렸거든. 이젠 괜찮아."

안심하라는 듯 히죽 웃어 주는 아츠키를 보며 걱정에 휩싸였던 가슴을 쓸어내렸다.

"하루미와 똑바로 마주 보는 일이 올겨울 네가 해야 할 숙제야. 그 애의 마음에 가까이 다가가 봐."

"다가가 보라니? 어떤 식으로?"

"그건 네가 알아서 해야지. 하지만 확실히 죽음은 가까워지고 있어. 피할 수 있게 도울 사람은 너뿐이야."

아츠키의 눈동자가 나를 똑바로 바라다보았다. 힘 있게 고개를 끄덕이자 아주 조금 용기가 생긴 기분이 들었다.


하루미는 대학 시절부터 파스타를 좋아했다.

우리는 맛있는 생면을 찾아 여러 가게를 돌아다녔다. 취업한 뒤에도 만나면 늘 이탈리아 요리를 먹었고 맛에 대한 점수를 꼭 매겨 보곤 했다.

동네 역 근처에는 우리가 즐겨 먹는 가게가 몇 군데 있다.

오늘은 내가 먼저 연락해서 주말에 만나자고 약속을 잡았다. 장소는 나와 하루미가 최고로 꼽는 작은 이탈리안 레스토랑이었다.

일요일 오후라 가게는 꽤 붐볐다.

지금 시기에 가장 맛있는 '로스트 치킨&야채 파스타'가 우리 앞에 놓였다. 파프리카의 선명한 빨강과 아스파라거스의 녹색이 몇 주 앞으로 다가온 크리스마스를 예고하는 듯했다.

하지만 아까부터 하루미는 어두운 얼굴로 포크를 들었다 놓았다 반복할 뿐이다. 긴 흑발에 옅은 화장인 건 그때나 지금이나 똑같았다. 살은 조금 찐 것 같은데 안색은 안 좋았다. 그러고 보니 약속을 잡을 때도 목소리에 기운이 없었다.

어쩌면 그 남자랑 잘 안 맞는 건지도 모른다.

하지만 올해도 찾아온 죽음을 피해 가기 위해서는 하루미의 마음을 똑바로 마주해야만 한다.

"하루미."

가벼운 말투로 말하려다가 나도 모르게 잔뜩 무게를 잡아버렸다. 나는 서둘러 잔에 담긴 물을 조금 마시며 입술을 적셨다.

"남친 때문에 고민이라도 있는 거야?"

"응?"

챙, 포크가 접시에 부딪치는 소리가 났다.

멍한 얼굴의 하루미가 놀란 눈치다. 충분히 그럴만하다. 하루미의 연애에 관해 내가 먼저 물어보는 건 처음이니까.

"네 남친이 어떤 사람인지 아직 제대로 듣지 못한 것 같아서."

"아…."

하루미의 표정이 확 어두워졌다. 그게 거절 표시처럼 보여 나는 다급히 사과했다.

"괜한 걸 물어봤나 보다. 미안."

"그런 건 아니야."

하루미는 억지 미소를 지으며 말했다.

"식욕이 없어?"

"응… 미안."

갑자기 사과한 하루미가 의자를 빼며 몸을 일으켰다.

"아무래도 오늘 몸이 안 좋아서."

그녀는 변명하듯 말하며 화장실로 가 버렸다.

무슨 일이지?

테이블 위에서 식어가는 파스타를 바라보며 생각했다. 몸이 안 좋은데 억지로 나와 준 거라면 그냥 이대로 집에 보내 주는 게 나을지도 모르겠다.

'그래도….'

그렇게 하면 하루미의 마음을 제대로 마주할 수 없다. 애초에 제대로 마주한다는 게 무슨 뜻일까? 계속 피해 왔던 하루미의 연애 이야기를 이제 와 캐묻는 게 맞는 걸까?

잠시 뒤에 돌아온 하루미는 아까와는 다르게 마음을 다잡은 듯 등을 꼿꼿이 세웠다.

"너에게 하고 싶은 이야기가 있어."

하루미가 나를 똑바로 보기에 나도 따라서 자세를 바로 했다.

"하아!"

어깨를 들썩이며 크게 심호흡한 하루미가 단숨에 말을 꺼냈다.

"난 지금 결혼한 사람하고 사귀고 있어."

가게 안에 흐르는 BGM에 묻혀 버릴 만큼 작은 목소리였다.

역시나 하는 마음에 "그랬구나." 하고 대답하자 하루미는 세 번 정도 작게 고개를 끄덕였다.

"직장 상사야. 처음 만난 날부터 계속 좋아했어. 그 사람도 날 좋아하는 걸 알게 된 순간부터는 순식간에 가까워졌어. 정말 따뜻한 사람이야."

하루미답지 않게 빠른 말투였다.

나는 대답할 말을 제대로 찾지 못해 식어가는 파스타 면을 포크로 말았다.

"결혼 후부터 아내와는 사이가 계속 좋지 않았대."

"응."

"언젠가 이혼하고 나랑 같이 살겠다고 했어."

"그래?"

"그런데… 나 임신했어."

철컹.

충격적인 고백에 나는 포크를 놓치고 말았다. 내가 눈에 띄게 동요하자 하루미는 시선을 내리깔았다.

이어지는 침묵에 무슨 말이든 해야 한다는 초조함이 앞섰다.

"임신이라니?"

"사흘 전에 알았는데 5주째야."

"5주째면…. 그럼 그 사람은…."

마른침을 꿀꺽 삼키는 소리가 들릴 만큼 우리 주위에 무거운 공기가 맴돌았다.

"말했어."

"뭐래?"

"아기를 낳으면 행복해질 사람은 아무도 없다고. 정확히 그렇게 말했어."

"…어떻게 할 거야?"

"모르겠어."

하루미는 피식 웃었다.

"사실 낳고 싶어. 바보 같지? 나도 내가 정말 바보 같아."

"하지만 어떻게 키울 건데?"

"어떻게든 되겠지."

"어, 잠깐만. 아니, 아이를 키운다는 게 그렇게 간단한 일이 아니잖아."

"미안."

내 말을 끊고 하루미는 자리에서 일어났다. 양손으로 주먹을 꽉 쥔 하루미는 내 시선에서 도망치듯 눈을 감았다.

"괜한 얘길 꺼냈나 봐. 지금 들은 말 다… 잊어줘."

"하루미?"

"오늘은 이만 갈게."

하루미는 테이블 위에 음식값을 내려놓더니 핸드백을 들고 다급히 가게를 빠져나갔다.

딸랑딸랑.

얼빠진 종소리만을 남긴 채 하루미는 12월의 거리로 사라져 버렸다.


"30점."

일요일에 있었던 일을 이야기하자 사오리는 바로 점수를 매겼다. 물론 하루미의 이름을 밝히지 않았고 내용도 살짝 각색했다.

"왜 그렇게 낮아?"

"그야 최악의 대답이니까 그렇지."

퇴근 준비를 한 직장 동료들이 하나둘씩 사무실을 빠져나갔다. 사오리는 기운 없는 내가 걱정됐는지 무슨 일이냐고 먼저 물어봐 주었다.

거기까지는 너무 고마웠는데 이런 가혹한 평가를 내릴 줄이야.

"내 나름대로 필사적으로 생각한 거야. 그럼 어떻게 말했어야 했는데?"

나는 거칠게 PC 전원을 껐다.

오늘은 수요일이다. 그 뒤로 하루미에게 몇 번이나 전화와 문자로 연락했지만 아무 답장도 받지 못한 채로 시간만 흘러갔다.

"그 친구는 너에게 계속 털어놓고 싶었던 거잖아?"

"아마 그랬던 것 같아."

"소중한 친구가 드디어 이야기를 들어주나 했는데. 네가 한 짓은 질문 공세였어. 게다가 결코 호의적이지 않았고. 나 같아도 충격받았겠다."

시원스레 말해 버리는 사오리. 사무실 반대편에선 미즈노가 또 이쪽을 힐끔거리고 있었다.

퇴근하고 데이트할 예정인가. 그래도 어쩔 수 없다. 나는 마음속으로 손을 맞대며 미즈노에게 사과했다.

"갑자기 임신 얘기를 들으니까 놀랍기도 하고 무슨 상황인지 궁금하잖아."

"그렇긴 하지."

"그리고 불륜이니까…."

"어, 바로 그 표정."

사오리의 검지가 내 코앞에 있었다.

"왜 삿대질이야?"

144

삿대질하는 손을 콱 잡았는데도 사오리는 진지한 눈빛으로 나를 바라보며 말했다.

"너는 얼굴에 생각이 다 드러나. 불륜은 안 된다는 생각이 너무 드러나는데 거기에 질문 공세까지 받으니 당연히 비난받는 기분이 들지."

"그, 그 정도로 티나?"

사오리의 손을 놓으며 볼을 감싸자 사오리가 고개를 힘 있게 끄덕였다.

"숨김없이."

"숨김없이?"

"전부 다 드러나."

"전부 다?"

아직 퇴근하지 않은 동료가 이쪽을 쳐다보기에 모니터 뒤로 숨으며 목소리 톤을 낮추었다.

"그래도 친한 친구가 불륜을 저지르니 불안한 게 당연하잖아."

"그 친구야말로 훨씬 불안하겠지. 그 애는 너한테서 해결책을 찾으려던 게 아냐. 그냥 이야기를 들어주길 바란 거지."

빠른 걸음으로 가게를 나가던 하루미의 뒷모습이 떠올랐다. 이야기를 들어주길 바랐다고? 그런데 내가 질문만 해서….

"상담해 달라는 건 줄 알았는데, 아니었구나."

"오랜 고민 끝에 내린 결론을 부정당한 기분이었겠지. 생각해 봐. 5주째에 임신인 걸 알았잖아? 그렇게 빨리 알아챌 정도면 이미 어느 정도 예상했을 거야. 그 예상이 확실해지고 나서 그런 결단을 내리려면 상당한 각오가 필요했을 텐데, 세상 사람들이 어떤 반응을 보일지 몰랐겠어? 그걸 전부 생각하고 나서 신중히 내린 결론이었을 거야."

"응… 정말 그랬겠네."

그런데 나는 불륜에 대한 혐오감과 비난에 가까운 의견만 내세우고 말았다. 하루미는 그저 이야기를 들어주길 원했을 뿐인데.

"친구잖아. 지금이라도 늦지 않았어."

풀이 죽은 나를 내버려 둔 채 사오리는 "그럼 고생해."라고 인사하며 사무실을 빠져나갔다. 미즈노가 다급히 자리에서 일어나는 게 보였다.

나도 시계를 확인한 다음 하루미의 마음과 제대로 마주하지 못했다는 사실을 가슴 아프게 생각하며 자리에서 일어났다.

이대로 가만히 있을 수는 없었다.


하루미의 본가는 야마구치현에 있었다.

신칸센을 타야 하고 돈이 많이 든다는 이유로 하루미는 고향에 가는 일이 드물었다. 대학을 졸업한 뒤에도 이곳에 남아 취업한 하루미는 대학 시절에 살던 그 아파트에 그대로 살고 있었다. '메종 세종'이란 이름에 걸맞지 않게 상당히 오래된 건물이지만 전철

역까지 걸어서 갈 수 있는 좋은 위치에 있었다.

수도 없이 가 봤던 곳이기에 생각에 잠긴 채 걸어가는데도 다리가 알아서 움직였다.

아파트에 도착해 2층 하루미의 방을 올려다보니 불이 켜져 있지 않았다. 아직 퇴근하지 않은 것 같았다.

잠시 기다리기로 하고 어둑어둑한 가로등에 몸을 기대며 겨울 하늘을 올려다보았다.

그리고 하루미와 만나면 무슨 말을 꺼낼지 계속 생각했다.

그때의 대화를 떠올려 보면 사오리의 말이 맞는 것 같다. 모처럼 내게 의지했을 텐데 질문하는 척 비난만 했으니 하루미가 그냥 가 버린 것도 이해가 갔다.

이윽고 걸어오는 하루미가 보였다. 추운지 코트 옷깃에 얼굴을 파묻은 모습이다.

이제 홀몸이 아니라 생각하니 그런 하루미의 모습에 가슴이 뜨거워졌다.

"하루미!"

의도치 않게 크게 나온 나의 목소리에 하루미가 움찔 놀랐다.

"나츠미?"

"갑자기 찾아와서 미안."

하루미의 두 눈에는 분노가 담겨 있었다.

"왜 왔어?"

147

"지난번엔 미안했어. 하루미 이야기는 들으려고도 하지 않고 질문만 해서….”

"괜찮아. 이제 신경 꺼.”

밀어내듯 차갑게 말하고 하루미는 낡은 아파트 계단으로 올라섰다.

"어떻게 신경을 꺼.”

"왜? 너하고는 상관없는 일이잖아.”

"아니야. 그건 아니야.”

내가 뒤따라 오르자 하루미는 계단 중간에서 발을 멈추며 돌아보았다.

뾰족한 턱선이 보였다.

"뭐가 아닌데? 내 결심이? 아니면 나하고 그이의 관계가?”

"친구가 힘들어하는데 신경을 안 쓸 수 없다는 말이야. 너는 나한테 제일 소중한 친구니까.”

가슴이 아팠다. 용서받지 못해도 상관없었다. 하지만 지금 이 마음을 전하지 않으면 분명 후회할 것이다.

그게 하루미를 이해하는 길이라고 생각했다.

"억지로 안 그래도 돼.”

"억지로 하는 거 아냐!”

답답한 마음에 소리치는 듯 목소리가 나와 버렸다.

"네가 내린 결론이라면 그게 내 결론이야. 난 소중한 친구를 진심으로 응원할 거야. 그러니까 지난번엔 미안했어. 너를 슬프게 해서 정말로 미안해."

그게 필사적으로 생각해서 내린 내 결론이었다.

침묵 속에서 바람이 휑하니 불며 머리카락이 나부꼈다.

깡깡거리는 쇳소리와 함께 가로등 불빛이 약해졌다. 하루미가 허리를 굽혀 내 얼굴을 들여다보았다.

"왜 네가 우는 거야."

"응?"

그 말을 듣고서야 깨달았다. 눈물뿐 아니라 콧물까지 흐르고 있었다. 몇 년이 지나도 마음 깊은 곳의 감정이 너무 솔직하게 얼굴에 드러나는 점은 변함없다. 한심한 기분이 드는 나를 보고 하루미는 살짝 웃었다.

"정말. 이러면 싸울 수가 없잖아. 자, 올라와."

오랜만에 보는 그 미소 덕분에 나는 겨우 긴장이 풀렸다.


다음날 퇴근길에 나는 그 빌딩으로 향했다. 어쩌면 만날 수 있을지도 모른다고 기대한 대로 빌딩 앞에 아츠키가 서 있었다.

마치 내가 올 거라는 걸 예상한 듯이. 아츠키는 인사말도 없이 어깨를 움츠리며 말했다.

"엄청 춥네."

"가르쳐 줘."

가까이 다가간 내게 그는 고개를 살짝 갸웃거렸다.

"하루미를 잘 알게 되면 죽음을 피할 수 있는 거지? 네가 조언한 대로 하루미의 연애에 관해 알게 됐어. 하루미는 임신했대."

"응."

역시 아츠키는 이미 알고 있나 보다.

지금 눈앞에 서 있는 이 신비한 남자의 정체는 도대체 뭔가. 그의 존재가 겨울이라는 계절과 크게 관련이 있다는 건 의심의 여지가 없다.

"아직도 올겨울에 난 죽어?"

하루미와 똑바로 마주 보았는데도 아직 죽음의 예감은 느껴지지 않았다. 이번에 후회 없이 행동하려면 꼭 아츠키와 만나서 힌트를 들어야 할 것 같았다.

"그래. 아직 근본적인 문제는 해결되지 않았으니까."

"근본적인 문제? 그럼 역시 하루미와 엮여 있다는 말이지?"

아츠키를 따라 인도 쪽 가드레일에 걸터앉았다. 맑은 밤하늘에 초승달이 떠 있었다. 은색 빛이 은은하게 내리쬐고 있어 마치 둘이 나란히 월광욕을 하는 것 같았다.

환상적인 광경인데도 뭔가 허무하고 슬픈 기분이 드는 건 대화 주제가 죽음이기 때문인지도 모른다.

"하루미에게 어떤 이야기를 들었어?"

아츠키의 물음에 난 하루미와 했던 대화를 떠올리기 위해 눈을 감았다. 따뜻한 달빛이 아직도 눈꺼풀 안쪽에서 느껴졌다.

"그 사람 이름은 야마시타 아유무야. 같은 은행에서 일하는 상
사인데 정말 따뜻하고 좋은 사람이야."

어제 하루미는 따뜻하게 미소 지으며 차를 끓여 주었다.

하루미가 오랜 세월 애용해 온 코타츠에 같이 들어가자 나는 그
제야 마음이 놓였다. 하지만 눈물 콧물이 멈추지 않아 티슈를 잔
뜩 사용해 가며 차를 마셨다.

"난 창구 업무를 맡고 있어서 보통 영업 쪽 사람들과는 거의 마
주칠 일이 없어. 그런데 계속 관심이 갔거든."

"그랬구나."

"아유무 씨는 서른다섯 살이고 자기 아내와 동갑이야. 아이는
없대. 나한테 먼저 다가왔던 건 2년 전이었어."

"응."

"머리로는 안 된다고 생각하면서 거절했어. 하지만 점점 그 사
람한테 끌리는 게 신기했지. 자동차 속도가 점점 빨라지는 것처럼
정신을 차리고 보니까 내릴 수가 없게 된 거야."

솔직하게 털어놓는 하루미의 표정은 고뇌로 가득했다. 드디어
누군가에게 털어놓을 수 있게 되었다는 안도감이 느껴졌다. 그동
안 혼자서 얼마나 고민했던 걸까….

재작년에 하루미가 남자 문제로 고민이 있다고 말했을 때를 떠

올렸다. 분명 그 무렵부터 망설였던 거겠지. 작년 겨울에는 진지하게 교제하는 사람이 있다고 했던가….

아, 좀 더 빨리 이야기를 들어 줄걸. 이렇게 나 자신을 책망하다가 다시 하루미의 이야기에 집중했다.

"아내와 사이가 안 좋고 이혼할 거라고 몇 번이나 약속해 줬어. 그래서 믿었어. 아니, 지금은 그냥 내가 믿고 싶었던 것 같아. 왜냐하면…."

하루미는 힘들다는 듯 입술을 깨물었다.

"임신 사실을 알고 바로 알렸어. 분명 기뻐할 거라고 생각했거든. 이제 아내와 헤어지고 나하고 결혼할 거라고 믿었으니까. 하지만 내 이야기를 들은 아유무 씨의 얼굴은 누가 봐도 알 수 있을 만큼 창백해졌어."

"하루미…."

나는 손을 뻗어 그녀의 하얀 손끝을 잡았다. 가늘게 손이 떨리고 있었다.

"낳는다고 행복해질 사람은 아무도 없다고 했어. 그리고는 겁먹은 눈빛으로 날 보는 거야. 그렇게나 자상하던 남자가 마치 딴사람이 된 것처럼 머리를 숙이면서 말했어. 아이는 포기해 줬으면 한다고."

코를 훌쩍이는 하루미의 눈가에 눈물이 고였다.

하루미는 자기 이야기를 들어주길 바라면서 몇 번이나 내게 털어놓으려고 했다. 그걸 나는 계속 피했다.

내 마음을 알아차린 것처럼 하루미는 다른 쪽 손으로 내 손을 감쌌다.

"그 후로 아유무 씨는 직장에서 마주치면 도망치듯이 날 피했어. 이혼할 생각 같은 건 처음부터 없었던 거야. 난 그제야 정신이 들었지. 그걸 알면서도… 그래도 아직 그 사람이 좋아."

"하루미….."

"참 웃기지? 이제 날 싫어한다는 걸 아는데. 나도 내가 왜 이러는지 모르겠어. 사랑하는 사람의 아이를 꼭 낳고 싶다는 생각이 들어."

마지막 말은 기어들어 작고 불안하게 들렸다.

"멋지다. 그렇게 좋아할 수 있는 사람을 만났다는 게."

진심으로 꺼낸 말이 하루미의 마음에 닿았는지 따뜻한 눈빛으로 고개를 끄덕였다.

그녀의 결심을 응원하고 싶었다. 지금은 진심이다.

"회사는 그만둬야겠지. 하지만 후회는 안 해."

손을 놓으며 찻잔을 드는 하루미에게 나는 "잠깐만." 하며 고개를 저었다.

"출산 휴가나 육아 휴가를 쓸 수 있을 테니까 천천히 생각해도 돼. 너에겐 그럴 권리가 있어."

"그렇구나. 그렇게 생각해 볼 수도 있겠네."

하루미는 처음 알았다는 듯 눈을 동그랗게 떴다.

"내가 할 수 있는 일이 있다면 말해 줘. 너를 위해서라면 뭐든 해 줄게."

"후후. 고마워."

차분한 목소리에 나도 웃을 수 있었다. 다시 절친이 된 것 같아 기뻤다.


아츠키는 내 이야기를 듣더니 흠흠 하고는 가드레일에서 내려섰다.

계속 걸터앉아 있는 나와 마주 보는 듯이 섰는데, 그의 뒤로 가냘픈 달이 구름에 가렸다가 드러났다.

"죽음의 냄새는 아직도 나고 있어."

"아직 부족한 건가?"

실망으로 어깨를 축 늘어뜨리는 나를 보며 아츠키가 팔짱을 끼었다.

"하루미의 이야기가 신경 쓰이네. 그 아유무라는 녀석 지금은 어떤 심정일까?"

"글쎄. 하루미는 내일 아기를 낳겠다고 말하러 간다고 했어. 자기 자식으로 인정하지 않아도 되니까 지금처럼 계속 사귀고 싶다고 말하려나 봐."

"어른들이 그렇게 제멋대로 굴어도 되는 거야?"

아츠키가 미간을 잔뜩 찡그렸다.

"너도 냉정히 생각해 봐. 가장 불쌍한 사람은 그 아내 아냐? 자기 남편이 밖에서 애인을 만들고, 그 애인은 아이까지 가졌잖아. 그럼 그 아내의 마음은 누가 이해해 주는데? 만약에 아내가 알아 버렸을 때, 그 사람 곁에 누가 있을 거냐고."

"아츠키?"

"이 사실을 알면 아내는 분명 혼자 슬픔에 잠기게 될 거야. 그런데 다들 자기가 원하는 것만 말하고 있어. 가장 슬퍼할 사람은 내버려 두고. 너무 이상하지 않아?"

갑자기 화를 내는 아츠키에 너무 놀랐다. 마치 자기가 당사자인 듯한 분노가 느껴졌다.

하지만 생각해 보면 아츠키의 말이 맞다. 만약 불륜의 피해자가 하루미였다면 나도 절대 용서하지 못했을 테니까.

"아츠키가 무슨 말이 하고 싶은지 알겠어. 하지만 난 하루미의 편에 서기로 했어."

"알아. 힌트를 준 건 나였으니까. 하지만 옳고 그름의 기준이 뭔가 이상하다는 거야. 한 번 더 잘 생각해 봐."

아직도 흥분이 가라앉지 않은 아츠키가 갑자기 "윽!" 하며 가슴을 움켜쥐었다. 그대로 무너지듯 힘없이 주저앉더니 거친 숨을 몰아쉬었다.

"왜, 왜 그래?"

나는 다급히 아츠키 어깨를 붙잡았다.

"벼, 별거 아냐. 조금 피곤해서 그래."

작년에도 감기에 걸렸다고 하지 않았던가?

천천히 몸을 일으킨 아츠키가 양팔을 축 늘어뜨린 채 내게서 등을 돌렸다.

"아무튼… 죽음은 코앞까지 와 있어. 조심하도록 해."

힘겹게 말하고는 그대로 걸어갔다.

그 뒷모습에서 또 불안감이 밀려왔다.


올해의 첫눈이 내리고 있다.

퇴근길에 역 앞 편의점에서 물건을 고르는데 유리 너머로 하얀 것들이 춤추듯 떨어졌다. 그 광경을 넋 놓고 구경하고 있을 때 지친 모습의 샐러리맨이 가게 안으로 들어왔다.

"어, 이쿠타 씨."

피곤한 얼굴의 그 남자가 에시마라는 걸 뇌가 판단하기도 전에 그가 먼저 말을 걸어왔다.

"어, 수고 많으셨어요."

반사적으로 퇴근할 때 했던 인사와 똑같은 말을 하고 나서 퍼뜩 정신을 차렸다. 내가 든 바구니에는 영양 드링크와 맥주, 그리고 각종 안주가 들어 있었다.

"아, 이거. 이제부터 친구네 집에 가거든요."

그가 물어보지도 않았는데 내가 먼저 변명을 늘어놓았다.

"금요일이니까요."

"에시마 주임님은 저녁 사러 오셨어요?"

"네. 오늘 밤은 TV에 빠져 지내려고요."

장난꾸러기처럼 웃는 에시마를 보며 또 가슴이 두근거렸다.

"이 근처 사세요?"

에시마는 쑥스러운 듯이 고개를 끄덕였다.

"네. 여기서 몇 분 거리에 있는 낡은 맨션입니다."

"그러시구나."

대화를 더 재밌게 이어가지도 못했지만 좁은 편의점 안에서는 금세 또 마주치게 된다.

그때마다 살짝 고갯짓하며 스쳐 지나갈 뿐이었다.

계산대 앞에 서 있을 때 전화벨이 울렸다. 하루미였다.

서둘러 계산을 끝내는 사이 벨소리는 멈췄다. 하지만 이내 또 전화가 왔다.

옆의 계산대에서 계산 중이던 에시마가 슬쩍 쳐다보기에 웃음으로 얼버무리며 잔돈을 받아들고 서둘러 가게 밖으로 나왔다.

얼른 통화 버튼을 눌렀다.

"여보세요. 지금 가는 중인데."

하지만 하루미의 목소리는 들리지 않았다.

"…하루미? 여보세요?"

그러자 전화기 너머에서 다투는 듯한 목소리가 들려왔다.

투툭.

커다란 소리가 나더니 무언가가 떨어지는 듯한 소리가 들렸다. 그리고 그걸 덮어 버리듯 남자의 성난 목소리가 이어졌다.

자동문 열리는 소리가 들리기에 스마트폰을 귀에 댄 채 돌아보니 에시마가 "앗!" 하고 나를 보며 놀랐다. 하지만 그걸 신경 쓸 때가 아니었다.

"여보세요? 무슨 일이야? 하루미?"

필사적으로 소리치지만 역시 대답은 없다. 어쩔 줄 모르는 내게 에시마가 걱정하듯 물었다.

"괜찮아요?"

"친구한테서 온 전화인데 뭔가 이상해요. 혼자 사는 애인데 누군가가 와 있는 것 같고…."

거기까지 말하니 등줄기가 섬뜩해졌다. 설마, 야마시타 씨가 하루미 집에?

에시마와 눈이 마주쳤다.

"친구 집에 그 사람이 와 있나 봐요."

"그 사람이요?"

고개를 끄덕거리며 귀를 기울였다. 아까보다 더 흥분한 남자 목소리였다.

"나를… 망하게 하려고… 네가…."

중간중간 들리지 않긴 해도 상대가 얼마나 화가 났는지 목소리에서 느껴졌다.

에시마가 뭐라고 질문했지만, 그와 동시에 스마트폰에서 커다란 소리가 들려 다시 귀에 댔다.

주저앉아 버릴 것만 같은 공포 속에서 몸이 멋대로 떨렸다.

"그만 해요!"

하루미가 외치는 소리가 들렸다. 이어서 몸싸움을 벌이는 소리가 들리더니 전화가 툭 끊겨 버렸다.

"하루미, 하루미?"

스마트폰 화면에 '통화 종료'라는 글자가 떴다.

나는 곧장 달리기 시작했다. 야마시타가 와 있는 게 틀림없다.

이게… 올해 찾아온다는 죽음일까?

최악의 예감을 떨쳐내며 달려가는데 내리던 눈이 좌우로 흩어지는 것처럼 보였다.


아파트에 도착할 무렵엔 숨이 턱까지 차올라 있었다. 마지막 힘을 쥐어짜며 계단을 뛰어 올라간 나는 그곳에서 발을 멈췄다.

하루미의 집 현관문이 살짝 열려 있었다. 안쪽에서 오렌지색 불빛이 새어 나왔지만 아까 스마트폰으로 들렸던 고함이나 소음은 들려오지 않았다.

무섭다. 견딜 수 없이 무서웠다. 하지만 지금은 망설일 여유 같은 건 없다.

하루미에게 죽음이 찾아올 운명이라면 내가 바꿔야 한다.

그러지 않으면 평생 후회할 테니까.

숨도 고르지 못한 채 현관문을 가만히 열자 거실에 선 남자의 뒷모습이 보였다.

흐트러진 정장 차림. 그리고 그 너머에 쓰러진 한 사람… 하루미였다.

머리카락이 흐트러진 하루미가 살짝 꿈틀거렸다. 정신을 잃었는지 가만히 눈을 감고 있지만 외상은 없는 것처럼 보였다.

편의점 봉투를 현관에 내려놓고 문은 닫지 않은 채로 신발을 벗었다. 그대로 발소리를 죽이며 하루미에게 다가갔다.

남자는 미동조차 하지 않고 가만히 서 있을 뿐이다.

벽에 붙은 채 남자 옆을 지나며 얼굴을 확인했지만, 그는 멍하니 허공만 바라볼 뿐 내게는 눈길조차 주지 않았다.

간신히 하루미 옆에 무릎 꿇고 앉았다.

"하루미…."

내가 작게 부르자 하루미는 간신히 눈을 떴다. 나를 확인하더니 얼굴이 잔뜩 구겨지며 갈라진 목소리를 냈다.

"…나츠미. 아, 나츠미."

하루미의 머리를 끌어안으며 안도의 한숨을 쉰 나는 남자를 올려다보았다.

"야마시타 씨 맞죠?"

그가 멍하니 눈을 돌렸다. 그리고 초점이 안 맞는 공허한 눈빛으로 힘없이 물었다.

"…누구?"

"하루미 친구예요. 하루미한테… 무슨 짓을 한 거예요."

상대를 자극하지 않으려고 일부러 말끝을 내렸다.

35살이라던 야마시타는 왠지 그보다 훨씬 늙어 보였다. 눈 밑에는 짙은 눈그늘이 드리워져 있는 걸로 봐서 삶이 편안한 사람은 아닌 거 같았다.

"밖으로 나가자."

하루미에게 말하고 나서야 그의 오른손에 무언가 들려 있는 걸 발견했다.

방의 조명에 반사된 그것은 부엌칼이었다.

순간적으로 숨이 턱 막혔다. 먼저 경찰에 신고했어야 했다.

어쩌지….

하루미의 떨림이 나에게 전염된 것처럼 등줄기로 섬뜩한 느낌이 스쳤다.

"왜 그런 거야."

야마시타가 문득 중얼거렸다.

"우리, 잘 만나고 있었잖아. 왜 그런 거야…."

"히익…."

하루미가 내게 더 강하게 매달렸다.

내가 지켜 줄게. 하루미는 내가 반드시 지켜 낼 거야.

"네가 잘못한 거야. 그래… 네가. 내 가정을 망가뜨리려는 거지? 응? 그런 거잖아?"

목소리가 갑자기 온화해진 야마시타가 얼굴을 일그러뜨리며 웃었다.

어둡게 탁해진 눈동자가 나를 바라보았다. 소름 끼칠 만큼 절망이 담긴 눈동자였다.

"돌아가세요."

떨리는 목소리를 억누르며 간신히 말을 내뱉었지만 야마시타는 들은 체도 안 했다.

천천히 양손으로 부엌칼을 들더니 내게 칼끝을 겨눴다.

"엉망진창이야. '낳을게요. 폐는 안 끼칠게요?' 야? 이미 그게 민폐라고, 네가. 네 존재가 자체가!"

안 돼.

흥분하기 시작한 목소리를 들으며 하루미를 꼭 끌어안았다.

"미안해요. 미안…해요."

몇 번이고 거듭해서 사과하는 하루미. 하지만 야마시타가 고개를 가로저었다.

"죽자. 이제 둘 다 죽는 방법밖에 없어. 그렇게 하면 네가 바라는 대로 같이 있을 수 있잖아."

체념한 말투에서 비열한 다정함이 묻어났다. 그의 진심을 알게 된 나는 달라붙는 하루미의 떼어내 내 등 뒤로 숨겼다.

"안 돼. 하루미를 죽게 할 수는 없어."

"너…도 날 방해…."

"야마시타 씨. 이러면 안 돼요. 하루미는 그저 당신의 아이를 낳고 싶은 거예요. 피해는 안 끼칠 거예요."

"거짓말이야!"

울려 퍼진 노성이 방안을 꽝꽝 울렸다. 나는 하루미를 벽으로 밀며 양팔을 펼쳤다.

"거짓말이 아니에요."

"거짓말이야, 거짓말! 으아아~!"

괴성을 지르며 몸을 뒤트는 야마시타는 도저히 정상으로 보이지 않았다.

악마에게 씌인 것 같은 움직임을 보며 나는 필사적으로 마음을 가라앉혔다. 이윽고 그의 눈이 나를 꿰뚫었다.

"넌 누군데? 왜 다들 나만 나쁜 놈으로 모는 거냐고."

"야마시타 씨. 아무도 나쁘다고 한 적 없어요. 진정하세요."

"죽으면 돼. 죽어 줘. 부탁이야…."

야마시타가 천천히 움직이며 부엌칼을 머리 위로 들어 올렸다.

아아, 이제야 이해가 되네.

올해 죽을 운명은 나였어. 빌딩에 불이 났던 밤에 원래 죽어야 했던 내 목숨이 지금 여기서 끝나는구나.

형광등을 역광으로 받고 선 까만 실루엣. 그 너머에서 칼날이 섬뜩하게 번뜩였다.

"으아아아아아!"

요란한 고함과 함께 야마시타가 크게 칼을 휘둘렀다. 나는 눈을 질끈 감았다.


승강장에 신칸센 도착을 알리는 안내 방송이 울려 퍼졌다.

그리 붐비지 않은 크리스마스의 이른 아침. 아직도 눈이 내리고 있어 약한 햇빛에 하얀 눈이 눈부실 만큼 반짝거렸다.

옆에 선 하루미는 커다란 짐을 발밑에 두며 말했다.

"춥다."

"춥다."

나는 똑같은 말로 대답하며 추위에 굳어 버린 손을 코트 밖으로 꺼냈다.

그날 밤부터 2주가 넘게 지났는데도 가끔 내가 살아있다는 걸 실감하며 안도한다.

"미안해."

하루미가 날 보며 또 사과했다. 이번이 몇 번째인지 모르겠다.

"사과하지 말라니까. 난 아무것도 한 게 없어. 아니, 하지 못했는걸."

역광을 받은 야마시타가 부엌칼을 휘두른 순간 난 분명 죽음을 각오했다.

하지만 이어지는 고함과 아파트가 흔들릴 정도의 진동에 눈을 뜨자 야마시타는 벽에 내던져져 있었다.

날 보호하듯 앞에 서 있는 사람은 에시마였다.

지금도 그 분노로 가득한 뒷모습이 어제 일처럼 생생하다.

"에시마 주임님 덕분이지. 내 상태가 이상해 보여서 따라왔다잖아. 문밖에서 안을 살피고 있을 줄은 전혀 몰랐어."

하얀 숨이 공중에서 흔들리다가 흩어져 갔다.

기지를 발휘한 에시마의 신고로 경찰이 출동했고 야마시타는 체포되었다.

사건의 내막이 공개되자 회사에서는 하루미를 본가와 가까운 지점으로 이동시켰다. 나중에 출산 휴가와 육아 휴가도 쓸 수 있게 해 주었다.

"전부 내 잘못이야."

하루미는 그때 이후로 계속 자신을 책망하고 있다.

"그렇지 않아."

"아니, 많은 사람을 상처 입히는 결과가 되어 버렸어. 아유무 씨를 궁지로 몰았던 것도 나야. 하지만 후회는 안 해."

조용한 말투에 난 고개를 끄덕일 수밖에 없었다.

기지개를 켠 하루미가 살짝 웃었다.

"비록 그런 일을 겪긴 했지만 난 아직 아유무 씨가 좋아. 그래서 그 사람의 분신과 함께 참회하는 마음으로 살아가기로 했어."

그게 그녀 나름대로 내린 결론이었다.

난 고개를 끄덕이며 아츠키가 그날 밤 말한 "옳고 그름의 기준이 이상하다."라는 말을 떠올렸다.

"저기, 하루미. 사람들은 각자 자기 마음속에서 '옳고 그름'을 판단하면서 살아간다고 생각해. 어떤 사람한테는 '옳음'이어도 다른 사람이 보면 '그름'일 수 있잖아."

"응."

"너의 선택이 옳은 건지 그른 건지 난 잘 모르겠어. 하지만…"

일단 말을 끊으며 스읍, 차가운 공기를 빨아들였다.

"네가 선택한 길을 난 진심으로 응원할 거야."

"…고마워."

하얀 차체가 쌓인 눈을 옆으로 흩날리며 승강장으로 미끄러져 들어왔다.

"나츠미, 잘 지내."

"하루미 너도. 꼭 만나러 갈게."

사실 오랜 시간 함께했던 하루미와의 작별이 견딜 수 없이 슬펐다. 하지만 지금 넘쳐흐르는 감정은 미래를 생각하는 긍정적인 마음이다.

온 힘을 다해 하루미를 응원하기로 마음먹었으니까.

싱긋 웃어 보이자 하루미도 힘 있게 고개를 끄덕였다. 하지만 하루미가 날 와락 끌어안자 참고 참았던 눈물이 쏟아졌다.

"네가 내 친구라 정말 좋아."

먹먹한 목소리로 "응." 하고는 코를 훌쩍였다.

문이 열리는 소리가 나자 하루미가 내 몸에서 떨어졌다.

"나츠미 너도 꼭 행복해야 해."

"응."

"에시마 씨한테 관심 있는 거지?"

"응… 어? 아니래두."

다급히 양손을 젓는 내게 하루미는 눈물을 닦으며 활짝 웃었다.

"우리가 하루 이틀 본 사이야? 보면 알아. 그리고 정말 멋진 사람 같아."

"…그래도."

"나처럼 처음부터 이뤄지지 못할 사랑은 아니잖아. 그러니까 용기를 내봐."

"알았어."

처음으로 내 마음을 솔직하게 말하자 에시마에 대한 감정이 확 밀려왔다. 그날 밤 날 구해 준 에시마의 넓은 등을 보며 나도 내 감정을 확신했다.

하루미가 열차 안으로 들어가는 동시에 발차를 알리는 종소리가 울리며 문이 닫혔다.

우리는 유리창을 사이에 두고 마주 보며 손을 흔들었다.

또 눈물이 쏟아졌지만 서로 미소를 거두지 않았다. 울면서 헤어지기는 싫었으니까.

이윽고 열차가 움직였다. 사라져가는 차체가 금세 속도를 내며 커브를 돌더니 더 이상 보이지 않았다.

그래도 난 계속 손을 흔들었다. 하루미에게 밝은 미래가 찾아오도록, 그리고 멀리서라도 서로에게 힘이 될 수 있도록. 하염없이 내리는 눈에 바람과 맹세를 담으면서.

"무사히 피했네."

목소리에 돌아보니 한적해진 승강장에 아츠키가 웅크리고 서 있었다.

"낮에도 나타날 수 있구나."

"꼭 내가 귀신인 것처럼 말하네."

갑자기 나타나도 더 이상 놀랍지 않았다.

"죽음을 피해도 후회가 사라지진 않아."

신칸센이 사라진 방향을 보며 말하는 내게 아츠키가 물었다.

"어떤 게?"

"좀 더 빨리 하루미의 고민을 들어주면 좋았을 텐데. 그랬다면 다른 오늘을 맞이했을지도 모르잖아."

"그건 어쩔 수 없어. 아무리 최선을 다해도 후회는 남는 거니까. 후회를 거듭하면서 살아가는 게 인간이거든."

168

호오, 하면서 아츠키를 바라보았다. 마치 인생 선배처럼 말하는 게 어이없지만 그의 말이 맞는 것 같다.

지금까지 내 인생을 떠올려 보면 아츠키와 만나기 전엔 행복하지도 않았다. 그래서일까. 후회도 없었다. 그저 체념하며 살았을 뿐이다.

이렇게 다른 사람과 똑바로 마주 볼 수 있게 되면서 나 자신도 바뀌어 가고 있다.

"올겨울은 나츠미나 하루미, 아니면 그 남자 중 누군가가 죽게 될 거였어. 정말 잘했어."

"그런 것 같다고 짐작했어. 그렇지만 아직 그 일만 생각하면 마음이 진정이 안 돼."

"그게 살아있는 증거야."

가벼운 말투로 말하는 아츠키의 안색이 안 좋았다.

"아츠키?"

하지만 아츠키는 내가 무슨 질문을 할지 아는 듯 "또 봐." 하고는 빠른 걸음으로 도망처 버렸다.

"잠깐만."

내 부름에 멈춰 선 아츠키가 고개를 돌렸다. 그런데 조금 전 불편해 보이던 표정이 거짓말처럼 사라지고 싱긋 미소 짓는 화사함이 깃들어 있었다.

"약속한 기한까지는 이제 4년 남았어. 내년에도 운명은 널 죽음으로 이끌 거야. 지금 이대로라면 넌 아직 약해. 그러니까 강하게 살아. 도망치지 말고 착실하게 살아가."

그렇게 말하고 이번에야말로 등을 돌리며 사라졌다.

아츠키는 대체 정체가 뭘까?

어째서 그렇게 슬픈 눈으로 날 보는 걸까?

답을 알 수 없는 채로 올해도 끝나가고 있었다.

# 막간

당신의 사랑은 이루어졌다.
하지만 그건 누군가의 목숨과 맞바꿔 손에 넣은 탁한 색의 인연
이었다.
적어도 당신은 그렇게 믿었다.

슬픈 표정으로 창밖을 바라보던 눈동자를 지금도 떠올린다.
내 목소리가 들리지 않을 만큼 깊은 슬픔 밑바닥에 잠겨 있는 듯
한 눈동자.
분명 당신의 마음은 죽어 버린 거겠지.

친구들의 연이은 죽음을 받아들이지 못한 채로 당신은 또 하루
를 살아갔다.
이윽고 벌어질 비극은 코앞까지 와 있다.

내가 당신을 구해 낼 수 있을까?
어떻게 하면 당신의 진짜 미소를 볼 수 있을까?

**27살**

# 패러다임 시프트

탕비실은 '불평의 방'이 된 지 오래였다.

미카 팀장이 나와 일부러 눈을 마주치면 머그컵을 들고 탕비실로 집합하라는 신호였다.

그때마다 시간이 너무 길어지지 않도록 조심해야 했다. 사실 미카 팀장에게 뭐라고 할 상사가 없는 것도 문제였다.

이미 내년 이야기를 시작한 11월 말. 우리 회사도 한 해 마무리를 앞두고 서서히 바빠지고 있었다.

"정말, 적당히 좀 하면 안 되는 걸까?"

코로 한숨을 내쉬며 내 컵을 받아든 미카 팀장은 선반 안쪽에 숨겨 둔 그녀 전용 드립 커피를 세팅했다.

"요시다 군은 한문을 아예 못 읽더라. 기획서에 써놓은 글도 엉

172

망이고."

"아…."

올해의 신입 사원 3명 중에서 미카 팀장을 가장 애먹이는 게 요시다였다. 말수가 적고 무뚝뚝한 이미지가 강해서 나도 제대로 대화해 본 적이 거의 없다.

"그래도 반년 넘게 잘 버티고 있잖아요."

그를 옹호하는 내게 미카 팀장이 투덜거렸다.

"잘못을 지적해도 '네.' 하고 대답을 너무 잘하니까 꼭 날 우습게 보는 거 같아. 글이 잘못됐다고 지적해도 이건 듣는 건지 마는 건지…."

확실히 요시다가 웃는 모습을 본 적이 없다. 그래서 의욕이 있는 건지 없는 건지 알 수 없을 때가 많았다.

요즘은 나도 신입 교육을 맡고 있는데 내 담당 신입 여직원 쿠도도 같은 부류였다.

한때는 그렇게 원망했던 미카 팀장의 고충을 지금은 너무 잘 이해하게 되었다. 역시 그 입장이 되어 봐야 알게 되는 것들이 있나 보다.

하지만 미카 팀장의 분노는 쉽게 사그라지지 않았다.

"내가 신입으로 들어왔을 땐 일은 잘못해도 선배가 뭘 알려 주면 바로 메모해 뒀다고. 같은 실수를 반복하지 않는 게 제일 중요한 거 아냐?"

"하지만 저도 처음엔 업무를 전혀 따라가지 못했는걸요."

요시다를 옹호하는 나를 보며 미카 팀장이 눈을 동그랗게 떴다.

"그래도 넌 많이 성장했잖아. 내가 요즘 널 얼마나 의지한다고."

의외의 말을 듣자 순식간에 내 얼굴이 뜨거워졌다. 미카 팀장에게 이런 식으로 칭찬을 듣는 건 처음이라 어떻게 반응해야 좋을지 알 수 없었다.

다 내려진 커피를 받아들고 고맙다고 말하자 미카 팀장은 냉장고에서 에너지 드링크를 꺼냈다. 요즘 하루에 두 캔은 마시는 것 같다.

난 비어 있는 설탕통을 채워 놓고 돌아가기로 했다.

"사람은 다들 혼나며 배워야 하는 건데. 요새는 너무 싸고돈다니까?"

속이 시원해졌는지 미카 팀장이 미소를 남기며 나가자 교대하듯 에시마가 들어왔다.

"에시마 씨도 커피 마시려고요?"

"네. 난방 때문인지 너무 졸립네요."

"그럼 진하게 타 드릴게요."

나는 에시마의 컵을 받아들면서 아까보다도 얼굴이 뜨거워진 것을 느꼈다.

에시마가 처음으로 남자로 보인 그날 밤 이후 꽤 많은 시간이 흘렀다. 점점 그를 생각할 때가 많아지고 있다.

나를 구해 준 에시마를 계속 좋아하면서도 스스로 그 감정을 부정하기를 반복한다.

회사에서는 눈앞에 놓인 업무를 처리하느라 정신이 없어 그를 의식할 때가 많지 않았지만, 집으로 돌아와 혼자 있으면 자꾸만 생각났다.

애초에 부정적인 사고를 가진 나로서는 에시마에 대한 감정을 지금은 반쯤 체념하고 있다.

어느새 호칭도 '에시마 주임님'에서 '에시마 씨'로 바꼈지만 그는 알아차리지도 못했다.

"어라."

에시마 씨 앞머리가 어제보다 짧았다. 이런 작은 변화까지 알아차리는 내가 기쁘면서도 슬펐다.

내 시선을 느낀 에시마가 "아…." 하고 앞머리를 만지작거리며 부드럽게 미소 지었다.

"많이 길었길래 어제 집에서 잘랐어요."

"집에서… 어? 직접 자르신 거예요?"

"이상한가요?"

그는 내 말이 신경 쓰인 듯 손가락으로 앞머리를 흔들었다. 그럴수록 더 일정해지는 앞머리 라인을 보며 나는 웃고 말았다.

"죄송해요. 너무 직선으로 자르신 것 같아서…."

"아, 역시…."

175

잔뜩 풀 죽은 에시마에게 물었다.

"미용실엔 안 가세요?"

그러자 그가 곤란하다는 얼굴로 대답했다.

"가려고는 했는데 잠만 자다가 주말이 끝나 버렸거든요. 그리고 미용실은 저 같은 아저씨한텐 진입장벽이 높기도 하고요."

"제가 다니는 미용실에는 남자 손님들도 꽤 많이 오던데요."

"어린 남자애들만 가지 않나요?"

"아닐… 걸요? 이번 주 일요일에 예약해 뒀으니까 한 번 살펴보고 올게요."

이제 슬슬 사무실로 돌아가야겠다 싶어 나가려는데 에시마가 "이쿠타 씨." 하고 날 불렀다.

"일요일에 저도 같이 가도 될까요?"

내가 놀라면서 엄청난 표정을 지었나 보다.

"하하. 제가 이상한 소릴 했나 보네요. 잊어주세요."

나는 손을 저으며 말했다.

"아뇨, 괜찮아요."

이미 내 얼굴은 뜨겁게 달아올랐다.

"저, 점심시간에 에시마 씨도 같이 예약해 놓을게요."

도망치듯 탕비실에서 빠져나와 의자에 앉았는데도 얼굴의 열기가 가라앉지 않았다.

단둘이서 이렇게 오랫동안 이야기한 건 오랜만이었다. 오늘 일기에 적어야겠네.

"그렇단 말이지."

옆에서 사오리가 꺼낸 말이 처음엔 혼잣말인 줄 알았다.

"나츠미도 사랑에 빠진 건가."

"뭐?"

옆을 돌아보니 사오리가 손거울을 들여다보며 히죽히죽 웃고 있었다.

"확실히 주임님도 자세히 보면 멋지긴 해. 예전에 말했던 '똥차' 발언은 취소할게."

"아, 그런 거 아니래도."

놀리는 사오리에게 작은 소리로 항의하자 그녀는 재밌다는 듯 소리 높여 웃었다.

"아니, 너는 얼굴에 다 쓰여 있어."

"조용히 해."

혹시라도 주위에 들릴까 봐 조마조마했다.

"나 출산 휴가에 들어가기 전에 너하고 주임님이 사귀는 거 보고 싶었는데."

이럴 때의 사오리는 정말 심술궂었다.

"그럴 리가 없다니까."

무슨 말을 해도 사오리에겐 다 들킨다.

하지만 내 감정을 입 밖에 내는 순간 힘든 짝사랑만 계속될 거라는 사실을 실감하게 될 뿐이다. 차라리 체념하는 기분으로 지내는 게 편했다.

"출산 휴가가 언제부터랬지?"

사오리는 미즈노와 결혼하고 아이를 금방 가졌다. 최근에 눈에 띄게 배가 불룩해졌다.

"12월 14일부터니까 이제 2주 정도 남았네."

달력을 보니 오늘이 11월 29일이다.

사흘 연휴를 이용해 하루미를 만나러 야마구치에 다녀온 지도 벌써 두 달이 넘게 지났다.

고향에서 건강한 여자아이를 낳은 하루미는 현재 육아 휴직 중이다. 결국 그대로 야마구치에서 계속 일하게 될 것 같다.

싱글맘의 삶은 힘들어 보이지만 밝은 표정의 하루미를 볼 수 있어서 좋았다.

12월, 이제 곧 아츠키와 또 만날 수 있다.

얼굴을 보는 건 기쁘지만 매년 슬픈 일을 겪어야 하니 안타깝고 아쉽기도 하다.

"그보다 주임님과의 사랑을 더 확실히 진전시켜 봐."

모처럼 다른 화제를 꺼냈는데 다시 되돌리는 사오리를 보며 뺨을 부풀렸다.

"그런 거 아니라니까."

"그럼 탕비실에서 타오다던 커피는 어디 놔두고 온 건데?"

178

"응?"

그 말을 듣고서야 깨달았다. 싱크대 위에 놓은 채로 그냥 와 버렸다는 것을.

가볍게 웃는 사오리를 보며 뺨을 더욱 부풀리게 되는 나였다.

일요일 오후 3시까지는 완벽한 흐름이었다.

11시쯤에 미용실 근처 카페에서 에시마를 만났다. 약속 시간보다 꽤 일찍 도착하는 바람에 두근대는 가슴이 진정되지 않고 오히려 더 설레기만 했다.

이윽고 나타난 에시마는 정장 차림이 아닌 카키색 재킷에 남색 바지를 입은 모습이었다.

"나오셨어요."

회사에서 늘 하던 식으로 인사하고 말았다.

평소와 달리 캐주얼한 모습을 보자 '단지 같이 미용실에 가는 것뿐이야.' 하고 스스로 다잡았던 자기변명도 다 까먹은 채 바보처럼 실실 웃을 수밖에 없었다.

카페에 들어가 점심을 주문했다. 명물 메뉴인 샌드위치를 시켰지만 미각을 상실한 것 마냥 맛이 느껴지지 않았다.

대화는 거의 일에 관련된 이야기만 했다. 하지만 이따금 에시마의 개인적인 이야기도 나와서 그의 새로운 면모를 볼 수 있었다. 가장 큰 수확은 대화 맥락을 통해 그에게 오랫동안 여자친구가 없었다는 사실을 알아냈다는 거다.

기분이 잔뜩 상기된 채 예약 시간에 맞춰 미용실로 이동했다.

"오늘은 어떻게 잘라 드릴까요?"

매번 잘라 주는 미용사에게 커트를 부탁했다. 에시마는 건네받은 헤어 카탈로그를 보며 고개를 갸웃거렸다.

"에시마 씨, 정하셨어요?"

"아니요. 좀 난감하네요. 이 모델들은 왜 이렇게 젊고 멋진 거죠? 이런 식이면 어떤 머리가 내게 어울릴지 모르겠네요."

어쩔 줄 몰라 하는 에시마를 보며 난생처음으로 모성애 비슷한 감정이 느껴졌다.

"그냥 짧은 스타일로 알아서 잘라 달라고 하면 되지 않을까요? 머리끝에 파마를 넣어도 멋있을 것 같고요."

"파마요?"

놀란 표정의 에시마에게 고개를 끄덕여 보였다.

"저도 파마해야 하니까 비슷하게 끝날 테고요."

"그런가요. 그럼 이쿠타 씨에게 맡길게요."

에시마의 담당 미용사가 "알겠습니다." 하고 손을 분주하게 놀리며 준비했다.

스피커에서 작게 흐르는 보사노바 음악과 머리카락을 자르는 소리가 경쾌한 리듬을 이뤘다. 거울 너머로 나와 눈이 마주치자 에시마가 살짝 웃었다.

늘 수다스럽던 담당 미용사도 어째서인지 오늘은 말수가 적다.

조용한 소리로 가득한 이 공간이 편안하면서도 애틋했다.

계속 가슴에 존재해 왔던 감정이 "이건 사랑이야."라고 가르쳐 주는 것만 같다. 그렇지 않다고 애써 부정해 보지만 내가 생각해도 설득력이 없었다.

에시마보다 내가 10분 정도 더 걸렸고 각자 계산한 뒤에 미용실을 나왔다. 밖에서 다시 보니 에시마는 지금까지 헝클어진 머리에서 깔끔한 스타일로 다시 태어난 모습이다. 작은 얼굴에 잘 어울리는 앞머리가 바람의 궤적을 그리듯 자연스럽게 넘어갔다. 몇 살은 젊어 보였다.

안 되겠어. 너무 멋지게 변한 에시마 때문에 내 심장 소리를 들켜 버릴 것만 같아.

"잘 어울리네요."

내 칭찬에 에시마는 머리카락 끝에 넣은 파마를 손가락으로 만지작거리며 쑥스럽게 웃었다.

"제가 아닌 것 같아요. 이쿠타 씨도 잘 어울려요."

"아, 감사합니다."

내 말끝이 허공으로 기어들었다.


그게 2시 반에 일어난 일이다.

대화가 끊기지 않고 걷다 보니 다음 신호등에서 각자의 방향으로 헤어져야 했다. 한 걸음 걸어갈 때마다 가까워지는 작별의 시간에 뭐라 할 수 없는 안타까움이 생겼다. 아, 이게 사랑이다.

사실 다음에도 또 만날 약속을 잡고 싶었다. 하지만 그랬다간 에시마가 곤란해지겠지. 만약 어색한 사이가 되어 버리면 두 번 다시 이런 식으로 웃으면서 대화할 수는 없을 테니까.

그래도…. 이제는 내 감정을 더는 억누를 수 없었다.

난 에시마를 좋아한다.

점멸하는 푸른 신호의 교차로 앞에서 에시마는 "그럼." 하고 인사했다.

"네."

입은 빙긋 웃었지만 마음은 울고 싶었다.

시계를 보니 오후 3시. 행복하면서도 애달픈 감정을 갖고 나도 돌아가야지.

그때였다.

"나츠미."

등 뒤에서 나를 부르는 소리에 심장이 쿵 내려앉았다. 익숙한 목소리는 바로 눈을 동그랗게 뜬 엄마였다.

"엄마."

"나츠미 너… 어머어머."

엄마는 나에게서 에시마로 시선을 옮기더니 자기소개를 시작했다.

"나츠미 엄마예요."

"안녕하세요. 에시마입니다. 이쿠타 씨에겐 회사에서 늘 신세를 지고 있습니다."

"나츠미와 같은 직장이에요? 그랬구나아. 저기, 실례지만 독신이신가요?"

"네."

"뭐하는 거야, 엄마."

내가 정색하며 팔을 잡아당겼는데도 엄마는 아랑곳하지 않고 에시마에게 한 발 더 다가갔다.

"그러셨구나아. 우리 애도 만나는 사람이 없어서 큰일이에요. 어, 혹시."

엄마를 이대로 놔둘 수는 없다. 나는 두 사람 사이에 억지로 끼어들며 에시마에게 고개를 숙였다.

"오늘은 감사했습니다. 이만 가 볼게요!"

"아, 네."

어리둥절한 표정으로 어쩔 줄 몰라 하는 에시마에게서 엄마를 억지로 떼어냈다. 엄마는 멀어져 가는 에시마를 보며 만면에 미소를 띠었다.

"아, 얘도 참. 데이트할 거면 말을 하던가."

"그런 거 아냐. 그냥 직장 상사래도."

에시마에게 들릴 만한 거리에서 이러는 걸 보면 엄마는 정말 눈치라곤 없는 사람이다.

나는 들끓는 분노로 씩씩거리며 걸었다. 나란히 걷기도 싫은데 왜인지 성큼성큼 따라붙은 엄마가 다짜고짜 물었다.

"아까 그 사람… 에시마 씨? 너 그 사람 좋아하지?"

"그만해. 엄마랑 무슨 상관인데."

"차라리 귀신을 속이지 그러니? 난 딱 보면 알아. 그냥 네가 먼저 좋아한다고 말해 버려."

"상관 말라니까."

바보처럼 같은 말만 반복하며 밀어냈지만 엄마는 쉽게 포기하지 않을 눈치다.

"너 이제 스물일곱이야. 충분히 놀았잖니."

"그만 좀 해."

"그 사람하고 결혼해. 계속 이렇게 허송세월만 보내면 사람들이 뭐라고 생각하겠니?"

"그만 좀 하라니까!"

나도 모르게 크게 소리치자 주변 사람들이 깜짝 놀라며 돌아보았다. 하지만 나는 감정을 억누를 수 없었다.

"왜 갑자기 소리는 지르고 그러니? 엄마 깜짝 놀라게."

"엄마는 맨날 그래. 입만 열면 결혼 얘기만 하고."

"그게 어때서?"

내 분노를 전혀 이해하지 못하는 엄마가 미간을 찡그리며 말을 이었다.

"잘 들어, 나츠미. 뭐니 뭐니 해도 여자의 행복은 결국 결혼에서 찾아야 하는 거야."

"그건 엄마 생각이고. 엄마는 내 마음이 어떤지, 무슨 생각을 하는지 하나도 모르잖아!"

엄마에게 이렇게 쏘아붙이고 혼자 달려갔다. 미용실에서 모처럼 세팅해 준 머리가 엉망이 되고 말았다.

엄마에 대한 분노는 내 가슴 속에 쭉 존재했었다. 하지만 지금은 행복한 시간을 망쳐 버렸다는 원망이 더 컸다.


12월 4일 일요일

한 가지 좋은 일이 있으면 한 가지 나쁜 일이 생긴다.

엄마에게 결혼이 행복의 상징이라는 건 나도 잘 안다.

나도 하기 싫은 건 아니다. 하지만 자기 가치관을 억지로 강요하는 건 정말 짜증난다.

에시마 씨와 모처럼 보낸 일요일을 전부 망쳐 버린 기분이다.

엄마는 날 사랑하지 않는 걸까?

생각해 보면 옛날부터 지극히 날 아껴 준 기억은 없다.

늘 여자는 어때야 하고, 어른은 어때야 하고 하는 뻔한 잔소리만 해댔다.

아빠도 엄마를 이길 수 없으니까 옆에서 얌전히 있을 뿐이고.

아, 정말 싫다.

나도 사오리와 하루미처럼 독립해서 살아볼까?

그보다도 올해도 아츠키는 나타나려나….

이제 3년 뒤면 아츠키가 말한 기한이 찾아온다.

이런 불평불만만 늘어놓는 일기를 쓰는 것만 봐도 난 아직 제대

로 성장하지 못한 거겠지.


"좋은 아침."

1년 만의 재회인데도 아츠키는 바로 어제 만난 듯이 인사했다.

어제 미용실에서 있었던 일들을 떠올리며 출근하던 월요일 아

침이었다.

회사끼지 얼마 안 남은 곳에 아츠키가 서 있었다.

"깜짝 놀랐네."

멈춰 선 내게 아츠키가 팔짱을 끼며 어깨를 으쓱거렸다.

"오랜만이야."

"항상 그렇게 갑자기 나타나는구나."

"또 사람을 귀신처럼 말하네."

"내가 그랬던가?"

"어제… 아니, 작년에도 그랬어."

무뚝뚝한 태도의 아츠키를 데리고 출근하는 인파를 빠져나와

길가 쪽으로 향했다.

오늘 아침은 특히 춥고 태양도 구름 너머에서 탁한 빛으로 내리쬐고 있을 뿐이다. 작년과 똑같이 하얀 스웨터에 남색 코트를 입은 아츠키는 여전히 동안이었다.

처음 만났을 때도 나보다 연하인 것 같았지만 지금 더 젊어 보였다.

"나츠미. 내가 왔다는 건….."

"알아. '올겨울 넌 죽게 돼.'라고 할 거지?"

"정답."

싱긋 웃는 아츠키의 안색이 안 좋았다. 그러고 보니 작년에도 몸 상태가 안 좋았는데….

"저기, 아츠키는 대체 누구야?"

"난 아미세 아츠키. A, M, I, S, E."

아침부터 큰 목소리로 알파벳을 읊조리는 아츠키를 지나가던 사람들이 흥미롭다는 듯 쳐다보았다.

"그런 걸 물어본 게 아니라, 어째서 날 도와주는 거야?"

"수호신이니까."

"그럼 왜 12월에만 오는 거야? 다른 달에는 뭘 하는데?"

"12월에 내 생일이 있거든. 생일 기념으로 서비스해 주는 거야."

휴우, 이런 식이면 끝이 없다.

깊은 한숨을 쉬고 난 어깨에 멘 가방끈을 만지작거렸다.

그때였다.

"이쿠타 씨."

날 부르며 에시마가 다가왔다.

"안녕하세요. 일찍 나왔네요."

"안녕하세요."

반사적으로 고개를 여러 번 꾸벅거린 뒤 아츠키 쪽으로 시선을 돌렸는데 그의 모습은 어디에도 보이지 않았다.

"또 사라졌어."

정말 신출귀몰했다. 뭐, 어쨌든 오늘부터 한동안 또 조심해야겠다. 그러고 보니 매년 알려 주던 힌트를 오늘은 못 들었다. 힌트가 없으면 죽음을 어떻게 피해야 좋을지 모르는데.

"무슨 일 있어요?"

우물쭈물하는 내게 에시마가 물었다.

"아무것도 아니에요."

간신히 미소로 얼버무린 다음 에시마와 함께 빌딩으로 들어가 엘리베이터에 올라탔다. 아직은 출근하는 직원들이 많지 않아 운 좋게도 우리 둘뿐이었다.

"에시마 씨, 역시 머리 잘 어울리네요."

자연스럽게 칭찬하는 나 자신이 놀라웠다.

"네. 뭔가 익숙하지 않지만⋯. 생전 처음으로 헤어 젤리란 걸 발라봤네요."

"헤어 젤이에요."

단어를 정정해 주면서도 좁은 공간에 단둘이 있다는 걸 의식한 나머지 에시마의 얼굴을 쳐다볼 수 없었다. 지금까지의 헝클어진 머리와 달리 깔끔하게 뒤로 넘긴 스타일과 정장 차림이 너무나도 멋져 보였으니까.

"헤어 젤이라고 하는군요. 처음 알았네요."

"먼저 내리세요."

엘리베이터 문이 열리자 먼저 에시마에게 양보했다.

행복한 기분이 내 행동을 평소보다 사무적으로 만들었다. 쑥스럽고 부끄러우면서도 기뻤다.

사무실 열쇠를 여는 에시마의 뒷모습을 뜨겁게 바라보다 어깨를 들썩일 만큼 한숨을 쉬었다.

이제부터는 업무 모드로 전환해야 한다.

사무실에 들어가 불을 켜고 아침 청소를 준비했다.

낮에 떠들썩하던 목소리나 키보드 두드리는 소리 없이 조용한 공간에서 청소기를 돌리고 있으면 사무실과 함께 준비 체조하는 기분이 든다.

탕비실의 싱크대를 닦으며 잠깐 생각에 빠졌다.

에시마는 요즘 출근 시간이 점점 빨라지는 것 같다. 혹시 나와 같이 있으려고?

'설마…'

바보같이, 그럴 리가 없잖아. 잡념을 떨쳐내기 위해 힘을 주어

싱크대를 빡빡 닦았다.

"잠시만요."

갑자기 들린 에시마의 목소리에 나는 "꺄악!" 하고 비명을 질렀다. 나보다 더 놀란 에시마에게 고개를 깊이 숙였다.

"아, 죄송합니다."

"저야말로 갑자기 죄송해요."

미안하다는 듯 똑같이 고개를 숙이는 에시마.

커피를 타러 왔겠거니 하고 탕비실을 나가려는 나를 에시마가 불렀다.

"저기요."

"네."

"그게⋯."

돌아보니 난감한 얼굴로 바닥을 내려다보고 있었다. 전기 포트가 부글부글 소리를 내며 끓고 있다. 무슨 일일까? 신경이 쓰일 수밖에 없는 침묵이 이어진 뒤에 에시마가 고개를 들었다.

"이번 주 일요일에 시간 괜찮으신가요?"

"일요일⋯."

"할 말이 있어서요."

"할 말⋯."

"어제와 똑같은 시간에 그 카페에서 만날 수 있을까요?"

"아, 아⋯ 만날 수 있어요. 당연하죠."

190

내 대답에 에시마는 안도하는 표정을 보였다.

"그럼 그때 뵙죠."

"네, 그때."

탕비실을 나가는 에시마를 눈으로 배웅하는데 몸에서 힘이 쑥 빠졌다.

허공을 올려다보며 방금 들은 말을 머릿속으로 곱씹었다. 그럴수록 얼굴뿐 아니라 온몸이 뜨거워졌다.

이건 데이트 신청이지?

일요일에 또 에시마와 단둘이 만날 수 있다니, 올겨울에는 아직까지 좋은 일만 일어나고 있다.

정신을 차리고 평정심을 찾아 사무실로 돌아올 때까지는 몇 분이 더 필요했다.


**12월 8일 목요일**

요즘 직장에서 에시마 씨의 인기가 급상승 중이다.

일요일에 머리를 자른 덕분이랄지, 탓이랄지.

확실히 에시마 씨는 전보다 멋있어졌다.

그 까다로운 미카조차 "넋 놓고 봤다."라고 할 만큼 여자들이 에시마 씨를 보는 눈이 바뀌었다.

곧 출산 휴가에 들어가는 사오리는 '똥차'라고 했던 과거를 잊어버린 채 "난 예전부터 다이아 원석이라고 생각했거든."이라고 말을 바꿨다.

하지만 애초에 에시마 씨에게 끌렸던 사람은 나뿐이었을 텐데.

단순히 외모에 끌렸던 게 아니다.

에시마 씨는 누구에게나 정중하고 친절한 사람이다.

좋아하는 사람을 칭찬해 주는 건 기쁘지만 라이벌이 늘어날 것 같아 두렵다.

하지만 이제 사흘 뒤면 에시마 씨와 두 번째 데이트가!

너무 들뜨면 안 된다는 건 알지만 역시 기대된다.

이렇게 두근거리는 기분은 난생처음이다.


다음날, 바람이 창문을 때리는 소리에 눈을 떴다.

멍한 눈으로 시계를 확인하자 기상 예정 시간보다 20분 앞서 있었다. 요즘 들어 왜인지 알람이 울리기 전에 눈이 떠지는 게 신기했다.

일요일을 너무 의식해서 흥분 상태인 걸까. 몇 번이고 에시마 씨가 했던 말을 떠올리고는 그때마다 행복함을 느낀다.

사랑이 나를 이런 식으로 바꿀 수 있구나.

이불을 코밑까지 끌어당기고 한 번 더 눈을 감았다.

불이 났던 그 날, 모든 걸 포기하지 않길 잘했어. 아츠키가 구해 준 덕분에 오늘이 있다는 걸 새삼 통감한다. 그런 생각을 할 때마다 아츠키에겐 고마운 마음뿐이다.

작년 이맘때 하루미의 그 일이 일어났다. 그로부터 벌써 1년이 지났다. 세월 참 빠르다.

되돌아보면 지난 3년 동안 최악이던 내 인생이 조금씩 나아지고 있다.

너무 거창한 생각일까.

과거를 되짚어보는 사이 기상 시간이 가까워져 몸을 일으켰다. 이불에서 나오자 부르르 떨릴 만큼 추워 바로 난방을 켜고 옷을 갈아입었다.

거실로 내려갔을 때는 이미 출근 준비를 마친 상태였다.

일요일까지는 이제 며칠 안 남았다. 오늘도 빨리 에시마의 얼굴을 보고 싶다.

"어라?"

부엌을 들여다보니 불이 꺼져 있다. 아침 식사 준비도 되어 있지 않다.

나보다 일찍 일어나는 엄마가 아직도 자고 있다니 별일이었다. 지금까지 독감에 걸렸을 때를 제외하면 이런 경우는 거의 없었기에 고개를 갸웃거렸다.

에시마와 같이 있는 모습을 들킨 후로 엄마와는 계속 어색한 대화만 이어졌다.

계속 이럴 게 아니라 이젠 나도 어른스럽게 굴어야겠지.

침실로 향했다. 모처럼 좋은 기분으로 눈을 떠서 그런지 마음에 여유가 생겼다.

어제부터 아빠가 출장 가서 없으니까 늦잠을 잔 걸까.

침실 문을 노크하자 "…으응." 하고 예상대로 잠에 취한 목소리
가 들려왔다.

"들어가도 돼?"

"들어와."

문을 열자 아직 어둑어둑한 방의 침대에서 꿈틀거리는 엄마가
보였다.

"무슨 일 있어?"

"뭔… 감기… 같아. …거든."

목소리가 잘 안 들려서 미간을 찡그렸지만 감기라면 어쩔 수 없
다. 편의점에서 빵을 사 먹고 출근해야겠다.

"약 가져올까?"

"괜찮아. 자면… 되니까."

엄마 목소리가 작아 잘 들리지 않았다.

열이 높은 걸까? 걱정됐지만 일요일까지 얼마 안 남은 지금 감
기에 옮을 수는 없었다.

"그럼 다녀올게. 꼭 병원 다녀와."

"알았어어."

문을 닫자 내 머릿속은 또 에시마로 가득 차 버렸다.

회사 가는 길, 찬바람에 뺨이 얼얼했다. 자연스레 목도리를 끌어 올리며 얼굴을 묻었다.

지난번 이후 아츠키는 나타나지 않았다. 이번엔 다른 이야기만 하고 힌트를 받지 못했기에 어디선가 또 나타날 것 같아 좌우를 확인하며 걸었다. 하지만 결국 아츠키를 만나지 못한 채로 회사에 도착했다.

입구에서 목도리를 풀다 문득 아침의 광경이 뇌리를 스쳤다.

아무리 감기에 걸렸다 해도 엄마가 침대에서 못 일어난 적은 없었다. 처음이다.

몸이 많이 안 좋은 걸까? 목소리도 잘 안 들릴 정도로 잠겼고 감기라지만 평소의 엄마와는 너무 달랐다.

가만히 목도리를 보고 있자니 새삼스레 누워 있던 엄마가 너무 걱정되었다.

'혹시….'

설마 올해 찾아오는 죽음은 엄마와 상관있는 걸까? 등줄기에 섬뜩한 소름이 돋았다.

아츠키가 그렇게나 주의를 주었는데 또 내 문제에 정신이 팔려 버리고 말았다.

난 엄청난 실수를 범한 게 아닐까.

그렇게 생각하자 도저히 가만히 있을 수가 없었다.

"안녕하세요."

등 뒤에서 들리는 온화한 목소리는 에시마였다. 난 반사적으로 그쪽으로 달려갔다.

"죄송합니다. 저 오늘 하루 쉬어도 될까요?"

"네?"

"엄마가 아프셔서…. 괜찮으신 것 같으면 다시 올게요."

어쩔 줄 몰라 하는 나를 보며 에시마는 상황을 파악했는지 내 어깨에 손을 얹었다.

"잠깐 진정해요."

저음의 목소리에 퍼뜩 정신을 차렸다. 바로 앞에 있는 에시마의 얼굴을 발견하고 당황하며 뒷걸음쳤다.

"죄송합…니다."

"혼자 갈 수 있겠어요?"

"아, 네."

내가 몇 번이고 고개를 끄덕거리는데도 에시마는 잠깐 고민했다. 이윽고 스마트폰으로 어딘가에 메시지를 보내고 말했다.

"걱정되니까 저도 갈게요."

할 말을 잃은 나를 뒤로 하고 에시마는 자동문을 빠져나갔다. 나는 그 뒷모습을 멍하니 바라보았다.

집에 같이 간다고?

상황 파악이 제대로 안 되는 채로 뒤따라 나가자 찬바람이 금세 내 뺨을 얼게 했다.

버스를 타고 집에 도착할 무렵엔 불길한 예감이 점점 부풀어 올라 터지기 직전이었다. 옆에 있는 에시마를 전혀 신경 쓰지 못할 만큼 불길한 상상만 머리를 가득 채웠다.

"여기서 기다릴게요."

현관 앞에 에시마를 그대로 두고, 다급하게 신발을 벗고 복도 안쪽에 있는 침실로 향했다.

"엄마?"

노크도 없이 침실 문을 열자 엄마는 없었다. 병원에 갔나 하고 안심하며 문을 닫으려는데 뭔가 수상했다. 커튼도 계속 처진 채였고 이불은 아무렇게나 흐트러진 채 바닥에 떨어져 있었다. 정리정돈에 관해선 누구보다 잔소리가 심한 엄마가 이렇게 해놓고 나갔을 리 없다.

"무슨 일 있었던 거야."

침대 매트에 손을 대자 아직 따뜻했다. 그렇다면 엄마가 일어난 지 얼마 안 되었다는 얘기다.

그때 아주 가늘게 무슨 소리가 들렸다. 누군가의 신음. 동시에 날카로운 목소리가 들렸다.

"이쿠타 씨!"

뛰어나가니 에시마가 좌측 안쪽을 가리키고 있었다.

"안쪽에서 목소리가 들려요."

그곳은 화장실이다. 문이 살짝 열려 있었다.

달려가 문을 열자 그곳에는 잠옷 차림의 엄마가 변기에 기대듯 쓰러져 있었다.

"엄마! 엄마!"

발소리와 함께 에시마가 달려왔다. 안색이 창백해진 엄마가 눈을 감은 채 가늘게 떨고 있었다. 의식을 잃었는지 내가 부르는데도 반응하지 않고 끙끙거리는 소리만 냈다.

"엄마, 정신 차려!"

안아서 부축하려는 나를 에시마가 제지했다.

"잠깐만요."

에시마는 내 몸을 살짝 밀어내더니 엄마의 머리카락을 걷어 표정을 확인했다. 그리고는 바로 스마트폰을 눌렀다.

"응급 환자입니다. 자택 화장실에 쓰러져 있어요. 여성입니다. 네, 네."

엄마가 살짝 눈을 뜨며 입을 열었다.

"토할 것 같아…."

그 말과 함께 격렬하게 구토하고 몸을 크게 경련했다.

"엄마!"

다가가려는 내 팔을 에시마가 붙잡았다.

"여기 주소는요? 어머니 이름하고 연세도 말해 주세요."

"주소요? 그보다 엄마, 엄마가!"

눈앞이 빙빙 돌았다.

내 탓이다. 내가 아까 심각하게 생각하지 않아서 엄마가 이렇게….

"침착해요. 지금은 구급차를 부르는 게 먼저입니다. 전화에 대고 빨리 말해 줘요."

건네받은 스마트폰을 귀에 갖다 대자 남자 목소리가 주소를 물어보았다. 기계적으로 대답하는 사이 에시마는 현관에 가서 문을 활짝 열었다.

그리고 침실에서 모포를 가져와 엄마의 몸에 덮어 주더니 귓가에 대고 무언가를 이야기했다.

엄마가 살짝 고개를 끄덕였다. 나는 다리를 비틀거리며 벽에 기댄 채 그것을 지켜보았다.

그로부터 10분도 지나지 않아 사이렌 소리가 들려왔다. 이건 나쁜 꿈일 거라고 몇 번이나 중얼거렸지만 그 소리는 점점 커질 뿐이었다.


의사는 뇌경색이라고 했다. 그리고 입원해야 하는 것과 마비 증세가 남을 가능성을 담담히 설명해 주었다. 그 뒤에 몇 장의 용지에 사인했던 것 같다.

어떤 질문도 하지 못하고 망연한 머릿속에서 계속 나 자신을 원망했다.

좀 더 주의 깊게 봤어야 했는데 왜 그냥 감기일 거라고 멋대로 결론지었던 걸까. 아츠키에게 조심하란 말을 들었으면서 난 정말 바보다. 후회되는 마음을 억누를 수 없었다.

진찰실에서 고개를 숙인 채 이를 악문 내게 의사의 목소리가 들려왔다.

"너무 자신을 책망하지 마세요."

천천히 고개를 들었다.

"발견이 늦어 돌아가시는 분들도 많아요. 조금이라도 빨리 알아챈 덕분에 이 정도로 끝났다고 생각해야죠."

눈그늘 짙은 눈으로 미소 짓는 의사에게 고개를 끄덕이면서도 마음은 깊은 늪에 잠긴 것처럼 무겁기만 했다.

정신을 차리고 보니 난 침대 옆 둥근 의자에 앉아 있었다.

편하게 숨을 쉬며 잠든 엄마는 아직 의식은 돌아오지 않았다. 하지만 안색은 조금 회복된 것 같다. '입원 안내'라고 적힌 흑백 종이를 너무 강하게 쥐고 있던 탓인지 땀에 젖어 눅눅했다.

"조금이라도 수분을 섭취하는 게 좋아요."

천천히 소리 나는 오른쪽을 돌아보자 에시마가 상두대床頭臺를 가리켰다. 상두대 위에는 커피가 든 종이컵이 놓여 있었다. 아까도 마시라는 말을 들었던 것 같다.

"아… 감사합니다."

잔으로 뻗는 손이 우스꽝스러울 만큼 떨렸다. 부들부들 흔들려서 제대로 컵을 잡지 못하자 에시마가 슬며시 컵을 쥐여 주었다.

"괜찮을 거예요."

조용한 목소리에 고개를 끄덕였다. 이제야 간신히 정신이 조금 돌아온 기분이다.

생각해 보니 아침부터 쭉 에시마가 같이 있어 주었다.

"에시마 씨, 회사는…."

"연차는 많이 남았으니까 걱정하지 마세요."

이런 상황에서 친절한 말을 들으니 코끝이 찡해졌다.

"이젠 괜찮아요. 오늘 너무 감사했어요."

"괜찮지 않아요. 보면 알아요."

"네?"

혼란스러운 티를 감추려고 미지근해진 커피를 마셨다. 물에 불은 종이 맛이 입안에 퍼졌다. 그런 일에도 눈물이 날 만큼 난 나약해져 있었다.

"그렇게 슬픈 눈을 하는 이쿠타 씨를 두고 어딜 가겠어요."

그 말에 눈물이 왈칵 쏟아졌다. 억누를 새도 없이 단숨에 흘러넘쳤다.

그건 슬픔과 후회의 눈물이었다. 견디지 못하고 양손으로 얼굴을 감쌌다. 이제 손의 떨림은 몸 전체로 번져 있었다.

"어머니는 분명 좋아지실 거예요."

위로의 말을 건네는 에시마에게 몇 번이고 고개를 저어 보였다.

"아니…에요. 저 때문이에요. 전부 제 탓이에요."

"왜 그렇게 생각하세요?"

손을 다시 무릎 위에 올려놓고 크게 심호흡했다. 어떻게 설명해야 할까, 이 응어리를.

나는 혼란스러워하면서도 입을 열었다.

"실은 최근… 엄마와 조금 안 좋았거든요."

"싸웠나요?"

"감정이 어긋났다고 해야 할지…. 우리 엄마는 잔소리가 꽤 심한 편이시거든요."

왜 에시마에게 이런 말을 하는 걸까? 좋아하는 사람에게 내 가정사 같은 건 알리고 싶지 않은데도 입이 멋대로 움직였다.

"그래서 피했던 것도 있어요. 오늘 아침에도 엄마가 못 일어나시는데, 평소 같으면 더 걱정했을 거예요. 그런데 그냥 감기일 거라고 가볍게 넘긴 탓에…."

아츠키의 충고를 살리지 못했다. 엄마가 죽는다면 그건 내 책임이다.

문득 어깨에 체온이 느껴지기에 말을 멈췄다. 에시마의 손이 내 어깨 위에 있었다.

"패러다임 시프트."

옆모습의 에시마가 말했다.

"네?"

"패러다임 시프트라고 말해 보세요."

202

"패러다임 시프트⋯. 무슨 뜻인데요?"

내가 묻자 에시마가 눈을 가늘게 떴다.

"패러다임 시프트는 '관점을 바꾼다.'라는 의미예요. 어떤 일이든 내 의견만으로 단정 짓기보다 사고방식을 바꾸거나 발상을 전환하는 편이 조금 더 진실에 가까워질 수 있거든요."

갑자기 철학적인 이야기가 나오자 따라가기 힘들었다.

에시마가 천장으로 시선을 옮겼다.

"자, 이번 일에 관해서 같이 관점을 바꿔 생각해 볼까요?"

잘 이해하지 못한 내게 에시마가 말을 이었다.

"이쿠타 씨는 최근의 응어리 탓에 어머니의 변화를 알아차리지 못했다고 자신을 책망하고 있어요. 그렇죠?"

상냥하게 묻는 에시마에게 거듭 고개를 끄덕거렸다.

"하지만 다른 관점에서 보면 이쿠타 씨의 의지로 취한 행동도 있었어요."

"그게 무슨⋯?"

내 일인데도 생각나는 게 없었다.

"다툼이 있었는데도 어머니의 상태를 보러 갔던 것, 말을 걸었던 것, 그리고 회사까지 왔는데 다시 돌아갔던 것, 만약 이쿠타 씨가 그러지 않았다면 어머니는 지금도 화장실에 쓰러진 채 방치되어 있지 않았을까요?"

"하지만⋯."

"이쿠타 씨가 이상하다고 느낀 덕분에 지금의 결과가 나왔어요. 만약에 최악의 상태를 맞았다면 '그때 집에 돌아갈걸.' 하는 생각이 들지 않았을까요?"

에시마는 천천히 몸을 일으켜 창가로 다가가더니 몸을 돌렸다. 오후의 햇빛을 받아 그의 머리카락이 반짝거렸다.

"이쿠타 씨, 저는 이렇게 생각해요. 인생에는 다양한 분기점이 있고 우리는 선택이라는 작업을 통해 그 길을 걸어가게 되죠. 그리고 그때마다 후회를 짊어질 수밖에 없어요."

신기했다. 에시마의 말이 내 가슴에 무척 와닿았으니까.

마치 선생님의 말을 듣는 학생 같은 기분으로 난 고개를 크게 끄덕거렸다.

"이쿠타 씨는 지금 잘못된 선택을 했다고 느끼고 있어요. 그런데 제삼자인 제가 보기엔 전혀 아니에요. 이쿠타 씨는 올바르게 행동했고, 그 덕분에 어머니는 목숨을 건지신 거죠."

"그런 걸까요…?"

"그런 거예요. 그리고 무엇이 정말 옳은지는 아무도 모르는 거예요. 이쿠타 씨가 선택한 길을 올바른 길로 만들면 되는 거죠."

에시마가 큰 입을 벌리고 활짝 웃었다. 이렇게 시원스러운 미소를 보여 주는 건 처음이라 놀랐다.

내가 올바른 길로 만든다….

"전 못 해요. 저에 대한 자신감도 없는데, 올바른 길로 만들 힘

같은 게 어디서 나오겠어요."

눈을 돌려 엄마를 바라보았다. 이렇게 되어 버려서 엄마에게는 진심으로 미안했고 나 자신을 책망하는 마음도 강하게 들었다. 하지만 한편으로는 오랜 응어리 탓에 엄마를 진심으로 사랑하지 못하는 내가 싫었다.

에시마처럼 생각할 수 있게 된다면 얼마나 편할까….

주먹 쥔 내 양손을 바라보던 시야가 갑자기 어두워졌다.

올려다보니 바로 앞에 에시마가 서 있었다. 등지고 선 빛이 너무 눈부셔 역광을 받은 그의 얼굴이 잘 보이지 않았다.

"사실은 일요일에 말하려고 했어요."

슬며시 나와 눈맞춤을 하는 에시마의 진지한 표정에 순간 숨이 막혔다. 아무 반응도 못 하는 내게 그가 천천히 말했다.

"혼자서 올바른 길로 만들 수 없다면 제가 힘이 되어 줄게요. 둘이서 함께 정답을 찾아가며 살아가고 싶어요. 이쿠타 씨. 그동안 쭉 당신을 좋아했습니다."

그렇게, 그는 말했다.


"그래서…, 넌 뭐라고 대답했어?"

스마트폰 너머로 들리는 하루미의 목소리를 들으며 거실 소파에 몸을 뉘었다.

12월 15일인 오늘, 엄마는 급성기 병원에서 근처의 재활 병원으로 옮겼다.

　좌반신에 약간의 마비가 보이지만 물리치료사 선생님의 이야기로는 상당히 가벼운 정도라고 한다. 퇴근길에 병문안을 가자 엄마는 조금 기운이 없는 정도고 대화나 거동은 평소와 다를 게 없어 보였다.

　간신히 안도의 한숨을 돌리고 나자, 지난번에 받은 에시마의 고백이 신경 쓰이기 시작했다.

　아니, 계속 신경 쓰였지만 애써 도망쳐 왔다.

　"그때는 그럴 겨를이 아니었으니까…."

　변명을 먼저 늘어놓는 건 내 오래된 버릇이다. 하루미는 살짝 웃더니 "그래서?" 하고 이야기를 재촉했다.

　에시마의 진지한 얼굴을 지금도 선명히 떠올릴 수 있다. 맑은 까만색 눈동자가 나만을 바라보고 있었다.

　좋아하는 사람에게 고백받고 꿈같은 기분에 빠져야 할 상황이었다.

　그런데도….

　"거절했어…."

　솔직하게 자백했다.

　"뭐? 왜?"

　"그야… 당장은 어머니 일만 생각하기에도 벅차니까."

　"에시마 씨는 뭐랬는데?"

"지금 말고 나중에 정식으로 대답해 달래. 그 뒤에 바로 패닉에 빠진 아빠가 나타났거든. 정신을 차리고 보니 에시마 씨는 어느새 사라졌더라."

"그래서 어떻게 하려고?"

"모르겠어. 엄마가 퇴원할 때까지는 아무 생각도 못 하겠는걸."

휴우, 한숨을 쉬는 내게 하루미는 "그렇구나." 하고 안타까워하며 조용히 말했다.

천장의 벽지 무늬를 바라보던 눈을 감자 불안한 마음이 또 고개를 들었다. 이제는 가끔 부모님이 돌아가실지도 모른다는 공포를 처음 알게 된 뒤로 왠지 마음이 진정되질 않는다.

"엄마가 그렇게 못마땅했는데 아프니까 걱정이 되더라고."

"죄책감 때문에 그런 거 아냐? 건강해지시면 또 싫어질걸?"

하루미의 말에 소파에서 몸을 일으켜 부엌 쪽을 바라보았다. 아빠도 병원에 들렀다 온다고 했으니 지금 집에는 나뿐이다.

"그 뒤로 에시마 씨하고도 제대로 이야기를 못 했어. 난 대체 뭘 하는 걸까."

스마트폰 너머에서 아기가 보채는 소리가 들렸다.

하루미의 딸 이름은 마나미인데 눈매가 또렷해서 너무 귀여웠다. 다음에 볼 때는 또 많이 자란 모습이겠지.

"하루미야말로 잠은 잘 자?"

"응, 밤에 자주 울지 않으니까 푹 자고 있어. 오히려 우리 엄마가 우유는 제때 먹었냐, 일광욕 시간이 너무 긴 거 아니냐 하면서 잔소리야."

하하하 웃는 하루미 덕분에 나도 큭큭거렸다. 9월에 여름휴가를 미리 내고 만나러 갔을 때, 하루미의 어머니가 확실히 의욕 넘쳐 보이긴 했다.

"엄마는 다 그런 걸지도 모르겠네."

그렇게 말하고 우리 엄마를 떠올렸다. 막상 딸은 성가시게 느끼더라도 그게 엄마의 사랑일지도 모른다는 생각이 들었다.

결국 마나미가 울음을 터뜨렸기에 전화를 끊기로 했다. 통화 종료 버튼을 누르니 집안에 고요와 적막이 돌아왔다.


일이 끝나면 병문안을 가는 게 일과처럼 되어가는 저녁이었다.

최근에 개축되었다는 재활 병원에서는 아직도 새 건물 특유의 냄새가 났다. 화장실에 갔는지 엄마가 병실에 없었다.

일상에서 갑자기 비일상적인 일이 일어나더라도 인간은 어떻게든 이렇게 순응하며 살아가는 법인가 보다.

하지만 거기서 생겨나는 감정을 짊어지고 가야만 한다.

내 경우는 그게 엄마에 대한 마음이었다. 솔직히 지금도 엄마를 진심으로 걱정하냐고 묻는다면 100퍼센트 그렇다는 대답 못 할 것 같다. 분명 지금까지 계속 들었던 잔소리가 응어리로 남아 쌓여 있는 걸 테니까. 하지만 또 다른 면에서 이런 내가 지독하게 쌀쌀맞은 인간으로 느껴진다.

하지만 에시마가 가르쳐 준 그 방법 덕분에 조금은 바뀌어 갈 수 있을 것도 같다.

느릿한 걸음으로 슬리퍼 소리를 내며 병실로 돌아온 엄마는 나를 보자마자 눈을 흘겼다.

"너 또 왔니?"

귀찮다는 말투다. 순간적으로 울컥하면서도 감정을 억누르기 위해 크게 심호흡하고 억지 미소를 지었다.

"언제는 '오늘은 안 오니?' 하고 문자 보내 놓고서."

"어, 내가 그랬던가?"

시치미를 떼지만 내심 기쁜지 싱글거리는 게 보인다. 그대로 침대에 걸터앉은 엄마가 말했다.

"차 좀 줄래?"

"엄마가 해. 찻잔 준비하는 것도 재활 과정이잖아."

냉정하게 대답했다. 엄마는 투덜거리면서도 상두대 위에 놓인 페트병을 들더니 한쪽 눈으로 날 노려보면서 마셨다.

엄마에게 나는 무슨 말이든 할 수 있는 상대였다. 옛날엔 나도 그랬다.

나 자신이 한심하게 느껴질수록, 언제부턴가 내가 먼저 엄마의 말을 있는 그대로 받아들이지 못하고 마음을 닫아 버린 거다.

—패러다임 시프트.

에시마가 가르쳐 준 대로 관점을 바꾸면 보이지 않던 것들이 보이기 시작한다. 그래서 이제 먼저 주눅들 필요 같은 건 없다는 걸 알았다.

"퇴원은 내일모레지?"

"응. 여기 선생님들은 다들 좋은 분이긴 한데, 역시 집이 최고야. 네 아빠도 걱정되고."

"아빠도 매일 쓸쓸한가 봐."

직접적으로 말하진 않지만 아빠에게 엄마가 없으면 안 된다는 것도 잘 알게 됐다. 매일 한숨만 푹푹 쉬고 그렇게 즐겨보던 축구 중계도 보지 않게 되었으니까.

"그렇지, 나츠미. 좋은 얘기가 있어."

갑자기 기분이 상기된 듯이 눈을 반짝이는 엄마. 이럴 때 나오는 이야기가 좋았던 적은 한 번도 없다.

"작업치료사 선생님 중에 독신인 사람이 있거든. 서른 살에 차남이래!"

"아, 네, 네."

가볍게 흘려넘기면서 엄마의 잔소리가 부활할 날이 멀지 않았다는 걸 확신했다.

실제로 좌반신에 마비가 남을 가능성이 있긴 했지만 병문안을 올 때마다 회복되어가는 게 보였다.

"대답만 하지 말고 한 번 만나보는 게 어떠니? 그렇지, 아직 퇴근 전일 텐데 불러올까?"

폭주하기 시작한 엄마가 너스콜 버튼을 누르려 했기에 다급히 빼앗았다. 부활할 날이 멀지 않은 게 아니라 이미 부활했다.

"맞선 같은 건 필요 없다니까 그래."

"네가 안 만나봐서 그런 소릴 하는 거야."

포기하지 않는 엄마가 팔을 뻗으려 하는 걸 보고 내가 막아서며 소리쳤다.

"나 애인 있어!"

엄마는 "뭐?" 하고 굳어 버렸다.

"그런 얘기 없었잖아. 아, 혹시 지난번 같이 있던 그 남자?"

"…그렇지 뭐."

병원에 실려 올 때도 같이 있었다는 건 기억하지 못하나 보다.

"사귀는 사이였구나. 그래, 이제야 마음이 놓이네."

"그런데 아직 사귀는 건 아닐지도…."

"사귀는 게 아니라니? 그게 무슨 소리니? 너 엄마한테 거짓말한 거야?"

말문이 막혀 버린 나를 향한 질문 엄마의 공세는 쉽게 멈출 것 같지 않았다. 오늘은 이만 항복하고 집에 돌아갈 수밖에 없겠다. 몸을 일으킨 나는 엄마의 얼굴을 들여다보았다.

"퇴원하면 정식으로 이야기할게. 어쨌든 빨리 건강해져서 집에 돌아와."

마지막까지 미소를 잃지 않을 수 있었던 건 에시마 덕분이었다.

이윽고 집에 도착하자 아츠키가 어두운 현관에 몸을 기댄 채 서 있었다.

"올해도 죽음을 잘 피해 갔네."

추위에 떨며 말하는 아츠키를 보며 분노가 확 솟구쳤다.

"왜 엄마가 그렇게 될 거라는 걸 안 말해 준 거야?"

"가르쳐 줄 수 없다고 했잖아. 이건 내 운명도 아니고 인생도 아냐. 직접 의식하고 움직이면서 피해 가야 하는 문제라고."

"정말로 잘 피해 간 거야? 이게 올바른 길이라고 생각할 날이 오긴 해?"

에시마가 말한 '인생의 분기' 이야기를 떠올렸다. 그는 선택한 길을 정답으로 만들어 버리면 된다는 걸 알려 주었다.

"네가 하루하루를 착실하게 살아가면서 찾아낸 길이라면, 언젠가는 정답이라고 확신할 수 있게 될 거야. 전에도 말했지만 죽음은 육체뿐만 아니라 마음에도 찾아와. 어머니를 구하지 못했다면 네 마음은 죽어 버렸을 거야. 그리고 그렇게 되면 올바른 길 같은 건 영원히 찾을 수 없게 됐겠지."

"마음이 죽어 버린다…."

"커다란 후회를 짊어진 너는 평생 거기서 빠져나올 수 없을 테니까."

분명 그대로 엄마의 상태를 알아차리지 못했다면 남은 인생은 깊은 후회와 함께 살아가게 됐겠지.

"난 계속 엄마를 좋아하지 않았어."

자연스레 입에서 흘러나온 말을 멈추자 아츠키가 이야기를 재촉하듯 눈을 가늘게 떴다.

"사람들 시선만 신경 쓰고 내 기분 같은 건 생각해 주지 않았으니까. 하지만 이번 일을 통해 깨달았어. 내 마음을 털어놓지 않으면 아무것도 전해질 수 없다는걸."

"응."

아츠키가 짧게 대답한 입에서 하얀 숨이 토해졌다가 사라지는 걸 바라보았다.

문득 아츠키에게 할 말이 생각났다.

"혹시 패러다임 시프트라는 말 알아?"

"관점을 바꾼다는 뜻이잖아."

설명해 주려고 했는데 아츠키가 이미 알고 있어 놀랐다.

"나한테 그걸 알려 준 사람이 있거든. 그 사람을 계속 좋아했는데, 결국 말하지 못했어."

어째서 아츠키에게 이런 이야기를 하고 있는지 신기했다. 너무 많은 일이 생겨서 누군가에게 털어놓고 싶었을 거라고 변명하며 내 마음을 계속 이야기했다.

"그 사람한테 고백받았는데 난… 내 마음에 여유가 없어서 거절하고 말았어."

그를 생각하면 가슴이 뜨거워지고, 또 너무 아팠다. 보고 싶은 마음이 강해질수록 내 멍청한 대응을 떠올리며 괴로워지기만 할 뿐이다.

"왜 거절했어? 좋아한다면서?"

아츠키가 정말로 모르겠다는 듯이 묻자 요란한 한숨이 짙은 입김이 되어 흘러나왔다.

"엄마가 저렇게 되시니까… 그런 걸 생각할 겨를이 아니었어."

"지금은?"

"지금도 똑같아. 엄마가 완전히 회복된 뒤가 아니면 다른 생각 같은 건 할 수가 없어."

어깨에 멘 핸드백 끈을 매만졌다. 어찌 됐든 올해의 죽음은 피한 거니까 다행이라고 생각할 뿐이다.

하지만 아츠키는 무슨 일인지 내 눈을 똑바로 들여다보고 있었다. 아까와는 분위기가 확 달라져 성난 눈빛을 쏘아댔다.

"넌 또 도망치고 있어."

"안 도망쳤어."

비난하는 듯한 말투에 바로 반박했지만 아츠키는 고개를 가로저었다. 마치 혼을 내는 것 같다.

"넌 에시마와 똑바로 마주 보려 하지 않고 도망친 거야. 지금 네 잘못을 깨달았다고 말하면서 왜 똑같은 잘못을 하려는 건데?"

"똑같은 잘못? 뭐가 똑같다는 건데."

울컥하며 반론하지만 아츠키는 하늘을 보며 "아, 아." 하고 한탄했다.

"모처럼 패러다임 시프트까지 배워 놓고 이런 식이라니. 나츠미는 엄마 일 때문에 다른 건 머리에 안 들어온다고 말하고 싶을 걸 테지만, 그건 틀렸어."

"뭐가 틀렸는데."

"내가 작년에 말한 옳고 그름에 관해 이야기했던 거 기억해?"

"아, 응."

야마시타의 아내를 동정하듯 말했던 모습이 지금도 가슴에 남아 있다.

"이번에도 똑같아. 정말 힘든 사람은 어머니야. 병에 걸려서 가장 슬퍼하는 사람은 어머니라고. 그리고 그 심정은 어머니 본인밖에 모르는 거야."

아츠키는 현관문에 몸을 기댄 채 내게 시선만 보냈다.

"네 마음이 죽어 버리면 의미가 없어. 어머니도 자기를 걱정하느라 딸이 행복해지지 못했다는 걸 알면 슬퍼하시지 않겠어?"

"하지만 이럴 때 에시마 씨와 사귈 수는 없어."

난 그렇게 요령이 좋은 인간이 못 되고 분명 에시마 앞에서도 불안과 고민을 드러낼 것이다.

좋아하는 사람에게 미움을 받게 된다면, 그때야말로 내 마음은 죽어 버릴 것이다. 좋아하는데도 솔직해질 수 없는 내 나약함에 눈물이 고이며 눈앞이 흐려졌다.

늘 에시마를 생각하고 있다. 그도 날 생각해 주고 있다. 그런데 왜 내 마음을 억누르는 걸까? 다양한 감정이 가슴속에서 빙글빙글 맴돌고 있었다.

"그런 생각은 배려가 아냐. 자기만족일 뿐이지. 그걸로 정말 만족할 수 있다면 괜찮겠지. 하지만 아니야. 만약 그 사람이 이대로 떠나 버리면 그 선택을 정답이라고 할 수 있어?"

"…모르겠어. 아츠키가 하는 말. 정말 모르겠어."

눈물이 뺨을 타고 흘렀다.

난 어떻게 해야 좋을까?

"오랜 세월에 걸친 후회가 눈덩이처럼 불어나서 이윽고 슬픔으로 바뀌어 마음이 무너져 내리는 거야. 그러니까 선택해야 할 때는 피하려 하지 말고 진지하게 생각해. 더 강해지기 위해선 그만 도망쳐야 한다고."

마치 아이를 타이르는 듯한 아츠키의 말에 나도 모르게 고개를 가로저었다.

"하지만 지금 내가 도망치고 있는지 아닌지도 잘 모르겠는걸."

눈물로 엉망이 된 채 말하자 아츠키는 "그래…." 하고 현관에서 보도로 걸어왔다.

"나츠미의 오랜 꿈과 대조해 보면 어떨까? 아이에게 그 일기를 읽어 주고 싶을지, 아닐지를 생각해 보면 도망치는 중인지 아닌지 알 수 있지 않겠어? 슬픈 일이 생긴 날의 일기여도 너 스스로 선택해서 행동한 결과라면 감내할 수 있을 테고, 분명 언젠가 아이에게도 읽어 줄 수 있을 것 같은데."

그 말에 퍼뜩 정신이 들었다.

그렇지. 난 언젠가 내 아이에게 일기를….

예전처럼 힘든 날만 이어지진 않지만 그렇다고 매일 즐겁기만 한 것도 아니었다. 중요한 건 내가 그 일을 어떻게 마주했는가 하는 문제였다.

나보다 어린 아츠키와 만날 때마다 지금까지 몰랐던 것들을 많이 배우게 된다.

복잡하게 엉켜 있던 실을 말 몇 마디로 마법처럼 풀어 주는 것 같았다.

"알았어. 해 볼게."

그렇게 말하는 나를 보며 아츠키는 소년처럼 이를 드러내며 웃었다.


엄마가 퇴원하는 날.

커다란 가방에 짐을 담던 엄마가 나를 발견하자마자 입을 벌린 채 굳어 버렸다. 그도 그럴 것이 내 옆에는 정장 차림의 에시마 씨가 서 있었다.

"엄마, 갑자기 미안. 어쩌다 보니 에시마 씨에게 와 달라고 하게 됐거든."

"아, 아아. 지난번에 만났었죠? 나 쓰러진 날 병원에도 같이 와
줬다는데, 정말 고마워요. 오늘도 이렇게 와 주시고…. 미안, 너무
놀라서. 아직 화장도 안 했는데…."

마지막 말을 하고 나서 엄마는 서둘러 우리를 둥근 의자에 앉도
록 권했다.

침대에 걸터앉은 엄마와 둥근 의자에 앉은 우리.

지금부터 난 엄마와 정면으로 마주할 것이다. 그 결심을 하는
데 오랜 시간이 걸리지는 않았다.

"엄마, 들어줬으면 하는 이야기가 있어."

"이야기?"

나는 등을 꼿꼿이 세우고 심호흡했다.

"난 엄마가 좋아. 하지만 싫어. 이 복잡한 감정 때문에 요즘에
이상한 소리만 하고 말았어. 미안해요."

"…무슨 소리야?"

미간을 찡그리는 엄마는 정말로 무슨 영문을 모르겠다는 표정
을 지었다.

"요즘에 내 개인적인 이야기가 나오면 괜히 더 틱틱거렸잖아."

아무래도 에시마 앞에서 결혼이라는 단어를 꺼낼 순 없었다. 하
지만 엄마는 바로 알아듣고 "응." 하고 고개를 끄덕였다.

"나도 입원해 있는 동안 천천히 생각해 봤어. 혼자서만 너무 앞

218

서 나가서 너한테 내 의견을 강요한 건지도 몰라. 미안해."

"어?"

나는 놀라며 굳어 버리고 말았다. 지금까지 엄마가 나에게 사과한 적은 한 번도 없었으니까.

"이제부터 내 생각을 솔직하게 말할게."

엄마에게 그렇게 말한 순간 내 안에서 무언가가 바뀐 듯한 기분이 들었다. 이제부터 난 꼭 바뀌어 갈 수 있다. 그런 생각이 든다.

고개를 끄덕이는 엄마의 시선이 에시마 쪽을 향했다. 분명 지난번 이야기를 신경 쓰는 거겠지. 그때는 "아직 사귀는 건 아냐."라는 말을 해 버렸으니까.

"정식으로 소개할게. 나하고 사귀는 에시마 씨…, 에시마 히로시 씨예요."

"잘 부탁드릴게요. 나츠미 엄마인 타츠코예요. 결국 우리 애하고 제대로 사귀게 됐나 보네요."

눈을 동그랗게 뜬 채 흥미진진하게 묻는 엄마에게 에시마가 "네."라고 대답했다.

"기쁜 대답을 듣게 되었습니다."

그게 바로 어제 일이었다.

평소와 같은 이른 아침, 우리 말고는 아무도 없는 사무실에서 나는 "에시마 씨가 좋아요."라고 고백했다.

지금까지의 나라면 상상도 못 했을 나의 고백. 지금까지의 인생에서 가장 큰 용기와 에너지가 필요했다.

하지만 에시마는 내 고백을 듣더니 커다란 손으로 와락 날 끌어안았다.

"애 때문에 곤란한 일이 생기면 어떤 문제든 들어드릴게요."

"잘 알겠습니다."

완전히 의기투합해 버린 두 사람을 보며 조금 안심이 됐다. 하지만 본인을 앞에 두고 꼭 이런 얘기를….

그래도 온화하게 웃는 엄마를 오랜만에 볼 수 있어서 막혔던 가슴이 확 뚫린 기분이었다.

"이제 데이트하러 가는 거지?"

엄마가 묻기에 나는 솔직하게 고개를 끄덕였다.

"엄마를 집까지 모셔다드리고 나서."

"어머, 아빠가 올 테니까 괜찮아. 우리도 아직 뜨겁다, 얘?"

우쭐한 표정으로 미소 짓는 엄마.

에시마는 자리에서 일어서더니 고개를 숙였다.

"그럼 호의를 받아들여서 따님을 빌려 가겠습니다. 저녁까지는 돌려보낼게요."

"에이, 우리 집은 특별히 통금 시간 같은 건 없어요."

시원하게 웃는 엄마는 재활 덕분인지 겉으로는 마비가 거의 보이지 않을 만큼 회복되었다.

건강해져서 진심으로 다행이었다.

병실을 나가려는데….

"에시마 씨."

엄마가 불렀다.

"우리 딸 잘 좀 부탁할게요. 정말 착한 애거든요."

"네. 잘 압니다."

에시마가 슬며시 내 손을 잡았다.

# 막간

겨울은 아름답다고 생각했다.
공기는 맑고 거리는 축복의 크리스마스 분위기로 활기차게 꾸며지니까.

마음 설레는 계절일 텐데도 당신은 커다란 슬픔을 또 하나 짊어지게 되었다.

이윽고 내년 겨울 가장 큰 비극이 당신을 덮친다.
그건 당신의 마음이 정말로 죽어 버린 날이다.

아아, 그날은 눈이 내렸었지.
지난 몇 년 동안 수많은 죽음을 목격한 당신은 암흑에 둘러싸인 세계에서 그 아름다운 눈을 보고 있는 걸까?

올해도 똑같이 눈이 내리고 있어.
당신이 쓴 글자는 거의 보이지 않을 만큼 희미해졌어.

손끝으로 그 글자를 매만지며 생각한다.
만약 신이 계신다면 내 바람을 들어 주시기를.

이 세상이 얼마나 아름다운지 당신에게 알려 주고 싶다.

진심에서 우러나오는 미소를 다시 당신에게 돌려 주고 싶다.

이 세상에 신은 존재한다고 나는 믿어.

# 그래도 아침은 온다

4월 6일 목요일

올해 벚꽃은 타이밍이 안 좋다.

지난 일요일에 비가 오는 바람에 꽃 구경을 못 했다.

아직 꽃망울이 다 여물지 않았다고 안심하는 사이, 지난 며칠 동안 갑자기 따뜻해지며 단숨에 만개해 버렸다.

갑자기 정해진 야간 벚꽃 데이트가 또 비 때문에 취소된 오늘.

대신 에시마 씨가 맛있게 먹었다는 일식집에 함께 갔는데 유명 체인점이어서 깜짝 놀랐다. 에시마 씨는 그걸 모르는 눈치였기에 나는 크게 웃어 버리고 말았다.

예정대로 흘러가진 않았지만, 그건 그것대로 즐거운 밤이 되었으니 만족해야겠지.

7월 15일 토요일

계절에 안 어울리는 태풍이 하늘을 소란스럽게 하고 있다.

사흘 연휴를 이용한 여행 첫날이었던 오늘.

목적지는 야마구치현의 슈난시市

몇 년 전부터 슈난시는 '슈냥시'라는 별명을 어필하고 있다. 고양이가 많아서 아니라 '사람이 고양이처럼 쾌적하게 살 수 있는 도시'라는 뜻이라고 한다.

'슈냥시'라는 어감이 귀여워 내가 마음에 들어 한다는 걸 알게 된 에시마 씨가 이 여행을 제안했다. 그런데 폭풍 탓에 비행기가 뜨지 못하는 사태가 벌어지고 말았다.

다행히 신칸센은 운행해서 시간이 걸리긴 했어도 간신히 호텔에 도착했다.

처음엔 어쩌나 걱정했지만 에시마 씨와 사귄 뒤부터 온갖 해프닝에도 익숙해진 것 같다.

지쳐서 잠든 에시마 씨는 어린아이처럼 입을 벌리고 자는 중이다. 귀엽다.

나도 슬슬 자야겠다.


10월 1일 일요일

우리가 좋아하는 아티스트 다리콤.

오랫동안 활동한 밴드고 언젠가는 꼭 라이브 공연 현장에서 보고 싶었다.

에시마 씨도 같은 심정이라고 해서 우리는 콘서트 예약에 도전했다.

그게 한 달 전이다.

하지만 둘 다 추첨에서 떨어졌고 이번엔 2차 추첨에 도전했다.

그 결과 이번에도 실패.

이어진 일반 예매는 둘이서 스마트폰을 들고 열심히 노력해 봤지만 2분 만에 매진되고 말았다.

둘이서 얼굴을 바라보며 크게 웃었다.

오늘은 옆 동네의 공연 홀에서 라이브가 열리는 날이다.

표를 구하지 못한 미련이 아직도 남아 에시마 씨와 늦은 점심을 먹고 나서 거리를 하염없이 걸었다. 오후에는 에시마 씨와 공연 굿즈를 사러 갔다.

에시마 씨가 내 곁에 있다는 것만으로도 난 행복하다.


10월 10일 화요일

믿기지 않는 일이 벌어졌다.

내 28번째 생일인 오늘.

에시마 씨가 축하한다며 데려가 준 역 빌딩의 레스토랑에서 프로포즈를 받았다!

"결혼해 주세요."

에시마 씨다운 담백한 말을 들었을 때 나도 모르게 울어 버리고 말았다. 어쩔 줄 모르는 에시마 씨에게 난 몇 번이고 고개를 끄덕여 보였다.

집으로 돌아온 뒤에도 설레는 마음이 가라앉지 않는다.

중요한 이벤트는 매번 마음대로 되지 않지만 하루하루가 즐겁고 행복하다. 무엇보다도 안심하며 살아갈 수 있게 되었다.

이런 인생이 기다리고 있었다는 걸 몇 년 전의 나는 상상조차 못했다.


가을이 되자 바쁜 하루하루가 기다리고 있었다.

프로포즈를 받은 사실을 부모님에게 알리자 엄마는 들뜨며 크게 기뻐했다. 아빠는 왠지 풀이 죽은 모습이었다.

이러니저러니 하는 사이 상견례 날짜도 정해지고 결혼은 현실이 되어갔다. 지난 휴일에는 에시마 씨와 온종일 다양한 예식장을 견학 다녔다.

하지만 그런 와중에 이윽고 작은 위기를 맞았다.

그건 11월에 들어서자마자였다.

아빠가 저녁 식사 때 아무렇지 않게 꺼낸 한 마디로부터 모든 게 시작되었다.

"검사하려고 입원하게 됐어."

곤란하다는 듯 말하던 아빠의 표정을 선명히 기억한다.

"입원이라니…. 건강검진 결과가 안 좋았어?"

양배추롤을 젓가락으로 가르며 물었다. 입원할 정도면 예삿일은 아니다. 하지만 아빠는 "그런가 봐." 하고 마치 남의 일처럼 말했다.

"언제부턴데? 여보?"

"글쎄. 언제였더라?"

무심하게 맥주를 들이키는 아빠한테서 시선을 돌리자 엄마가 화가 난 얼굴을 가까이 들이밀었다.

"당신이 까먹으면 어떡해? 안내문 같은 거 안 받았어?"

퇴원한 지 약 1년. 이제 완전히 건강해진 엄마는 여전히 우리 집의 최고 실세다.

"으음, 글쎄. 까먹었는데."

뭔가 생각하는 듯하다가 금세 포기해 버리는 아빠.

"가방 어디에 놨어? 아, 또 이런 데 놓고…."

복도에 아무렇게나 던져 놓은 듯 방치된 아빠의 가방을 들며 엄마가 투덜댔다.

그렇다. 평소와 다를 것 없는 우리 집 풍경이었다.

그렇게 해서 20일에 입원한 아빠는 다음날 건강하게 돌아왔다.

"간이 안 좋다나 봐. 뭐, 약 처방도 안 해 주는 걸 보면 괜찮은 거겠지."

아빠는 느긋하게 냉장고를 뒤지더니 식탁 위에 맥주와 오징어

젓갈을 세팅하며 흐뭇한 미소를 지었다.

"괜찮긴 뭐가 괜찮아? 당분간 술은 금지야."

만찬 세트를 통째로 몰수당하는 걸 보며 나도 하하 웃었다.

"너도 한마디 해. 사랑하는 딸이 결혼하는데 술 좀 참으라고."

"결혼식은 내년 봄쯤이니까 이제 얼마 안 남았잖아. 아빠도 엄마 말 좀 들어요."

"뭐야, 너까지 엄마 편이야?"

토라지는 아빠를 보며 난 또 웃고 말았다.

악몽의 시작을 알리는 전화가 울린 건 그다음 주 월요일이었다.

그날은 아침부터 비가 내렸다.

11월 하순이 되어 이제 조금 지나면 올해도 아츠키가 찾아오겠구나라고 멍하니 생각했다.

아츠키가 말한 12월 15일의 기한까지는 이제 2년 남았다. 올해는 또 무슨 일이 벌어지려나.

수많은 죽음을 피해 가는 사이 '죽어도 상관없어.'라고 생각했던 어두운 감정은 거짓말처럼 사라졌다. 이런 나도 살아갈 만하다는 희망으로 바뀌어 있었다.

아직 자신감이 부족한 부분도 많고 회사 일로도 고민은 끊이지 않았다.

그래도 내가 조금씩 바뀌어 가면서 주변 사람들의 도움을 느낄 수도 있게 되었다.

아츠키의 조언으로 나 자신이 성장한 덕분일까? 아니면 죽음을 피하기 위해 필사적으로 노력한 덕분일까.

어느 쪽이든 아직 12월까지는 며칠이 더 남아 있었다.

아츠키와 만나면 또 죽음을 가까이 느끼게 되리라는 걸 알고 있었다. 그래도 아츠키와의 만남이 기대되는 것도 사실이었다.

"좋은 아침."

에시마가 출근하는 걸 보자 자연스레 웃음이 나왔다. 우리가 사귄다는 사실은 아직 사오리밖에 몰랐다. 참고로 육아 휴가 중인 사오리에게 전화로 사실을 알리자 처음 반응은 "아싸!"였다. 그 이후로 좋은 예식장을 고르는 팁 같은 것을 들었다.

"좋은 아침이요."

인사를 나누면서 '나는 이 사람과 결혼한다.'라는 행복을 곱씹었다.

지난 1년 동안 에시마에 대해 알면 알수록 더 좋아졌다. 최근엔 일기를 다시 읽어 볼 기회도 늘어나면서 그때마다 추억을 떠올리며 혼자 미소 짓는다.

"이제 슬슬 니시무라 씨처럼 결혼 발표를 하는 게 나으려나?"

책상에 짐을 내려놓은 에시마가 내 근처로 와서 속삭였다.

사오리는 두 번의 약혼 발표 뒤에 육아 휴가에 들어갔고 내년 2월에 복귀할 예정이다. 직장에서는 아직 결혼 전 성씨를 그대로 쓰고 있다.

생각해 보니 첫 약혼 발표로부터 3년이나 흘렀구나.

이제 나도 결혼하는 입장이 되니 사오리가 얼마나 행복했는지 잘 알 수 있었다. 하지만….

"꼭 발표해야 해? 난 그런 거 잘 못 해."

사람들 앞에서 발표한다니. 가뜩이나 주목받기 싫어하는 나에겐 너무 힘든 일이었다.

"그렇지? 나도 혼자서는 못 할 거 같아."

동의해 주는 에시마를 보며 마음이 놓였다. 하지만 그는 말을 이었다.

"둘이서 같이하자."

"못 한다니까. 아, 못 한다니까요."

요즘엔 금세 반말이 나와 버린다.

"몰래 숨어서 사귈 필요는 없잖아. 결혼할 사이라고 당당히 밝히자."

"이런 이야기를 기쁘게 받아들이지 않는 사람들도 있다고요."

"니시무라 씨는 했잖아?"

"걔는 특별한 경우고요. 자신감이 넘치니까요. 저는 달라요."

"그럴 줄 알았어."

웃으며 고개를 끄덕인 에시마가 갑자기 진지한 표정을 지었다.

"역시 성인답게 사장님에겐 이야기하자. 미리 말할 필요까진 없어도 청첩장을 돌리는 시점에는 말해야지. 물론 결혼 발표 같은 건 애초부터 할 생각 없었으니까 안심하고."

에시마가 장난스럽게 웃는 걸 보며 나도 모르게 뺨을 부풀렸다.

"너무해, 사람 놀리고."

"미안, 미안. 오늘 밤에 다시 얘기하자."

에시마는 가볍게 내 어깨를 두드리더니 자리로 돌아갔다.

에시마가 늘 나보다 여유롭다는 게 왠지 조금 분하면서도 그 이상으로 행복했다.

탕비실에서 필요 이상으로 걸레를 쥐어짜며 빨라진 심장 박동을 진정시키고 있을 때였다.

"좋은 아침."

미카 팀장이 출근했다.

"좋은 아침이에요."

"정말, 갑자기 추워졌어. 오늘 아침도 이불에서 나오기 싫더라."

가방을 책상에 내려놓은 미카 팀장이 의욕에 넘치는 모습으로 PC를 켰다.

"자, 오늘도 열심히 일해 볼까."

그녀를 대하기 어려워했던 건 이제 먼 옛날 일이다. 지금은 조금 엄격한 선배로 나도 많이 배우고 있다.

이제 곧 마흔인 미카 팀장은 아직도 독신이다. 옛날부터 "결혼은 관심 없어."라고 입버릇처럼 말하곤 했다. 그런 확고함은 나도 배우고 싶은 부분이다.

청소도 끝나고 내 자리로 돌아올 무렵 직원이 출근해서 여기저기서 아침 인사를 나누고 있었다.

그때 문득 내 가방 안에서 스마트폰이 울렸다.

화면에 표시된 이름은 '엄마'였다. 시계를 보니 아직 업무 시작까지는 10분 정도 남았다. 스마트폰을 들고 복도로 나와 통화 버튼을 눌렀다.

"나츠미, 나츠미…."

굉장히 혼란스러워하는 엄마의 목소리가 들려왔다.

"여보세요. 무슨 일 있어?"

"저기, 방금 병원에서 전화가 왔거든. 일부러 아빠가 회사에 간 시간에 연락했다는데…."

"병원? 어, 아빠가? 엄마, 잠깐 진정해 봐. 병원이면 지난번 아빠가 검사 입원했던 곳을 말하는 거야?"

흥분한 엄마의 목소리에 오히려 냉정해지며 물었다.

"맞아. 선생님이 할 말이 있대."

"아빠는 회사에 갔고?"

"응, 맞아. 지금 병원에 와 달래. 아빠한테는 비밀로 하고…."

"어… 그건…."

가슴이 마구 뛰었다. 하지만 지금은 아직 11월. 아츠키가 올해의 죽음을 예고하기에는 아직 이른 시기였다.

"부탁이야, 같이 가 줘. 엄마 혼자는 무서워서 못 가겠어."

"…알았어. 어떻게든 해 볼게. 병원에는 몇 시에 갈 건데?"

"10시 예약인데…. 아, 어떡하지…?"

엄마가 우왕좌왕하며 움직이는지 TV 소리가 가까워졌다 멀어졌다 하기를 반복했다.

"10시, 알았어. 그때까지 갈 테니까 병원에서 기다려요."

"다행이다. 엄마 혼자서는 너무 불안해서…."

엄마는 아직도 계속 이야기하고 싶어 하는 눈치였다. 하지만 계속 전화기를 붙잡고 있을 수는 없었다.

"어쨌든 나도 병원에 갈 테니까 엄마도 사고 안 나게 조심해서 병원으로 와."

그렇게 말하고 전화를 끊은 다음 서둘러 에시마에게 갔다. 사정을 설명하자 바로 이해해 주었다.

"연차를 쓰면 되니까 일단 가요. 나중에 전화할게."

마지막 말은 작은 소리로 덧붙였다.

"네."

조회가 시작되려는 가운데 사무실을 빠져나와 엘리베이터 앞에 섰다. 좀처럼 올라오지 않아서 마음만 더 다급해졌다.

회사를 빠져나와 우산을 쓰고 종종걸음으로 역으로 향했다.

빗방울은 점점 굵어지고 우산 손잡이를 잡은 손은 시렸다.


종합병원은 앉을 곳도 없을 만큼 붐볐다. 접수처에서 아빠 이름을 말하자 바로 왼쪽에 있는 '의료연계실'로 가라고 했다.

여기도 대기석이 사람들로 꽉 차 있고 간호사들이 바쁘게 돌아다녔다. 아직 엄마는 도착하지 않았다.

'접수' 창구에 가서 큰소리로 "실례합니다." 하고 몇 번이나 불러 보지만 카운터 안쪽에는 아무도 없었다. 어쩔 수 없이 복도로 나가자 여러 개의 방이 있었다. 문은 전부 닫혀 있어 아무 소리도 들리지 않았다.

어쩌지….

발소리가 나서 돌아보니 종종걸음으로 걸어오는 간호사가 있었다. 안심하면서 "실례합니다." 하고 말을 꺼냈다.

"오늘 10시에 여기로 오기로 한 이쿠타라고 하는데요…."

"접수부터 해 주세요."

짧게 말한 간호사가 그냥 가 버리려고 하기에 급하게 소리쳤다.

"접수처에 아무도 안 계시던데요."

그녀는 노골적으로 귀찮다는 표정을 지었다.

"네? 직원은 어딜 갔길래…."

많이 바쁜지 가시 돋친 말투의 간호사는 한숨을 숨기지 않았다. 나와 비슷한 또래 같은데 손에 든 차트를 거칠게 펼쳤다. 괜히 미안한 기분이 들었다.

"저기… 아직 시간이 남았으니까, 그럼 접수처 직원분이 돌아올 때까지 기다릴…."

"지금 접수해 드릴게요."

내 말을 가로막은 간호사가 차트를 거칠게 착착 넘겼다.

"음, 이쿠타 씨. 이쿠타 하루히코 씨의 가족분 되시나요?"

"네, 맞아요."

아빠의 이름을 말한 그녀가 고개를 끄덕였다.

"항암제 설명은 들으셨나요?"

그녀는 시선을 차트에 고정시킨 채 사무적으로 물었다.

"네?"

그 순간 머릿속이 새하얘졌다.

방금 뭐라고 한 거지?

벼락을 맞은 듯한 충격이 온몸을 꿰뚫었다.

"아… 아내가 오시기로 했군요?"

그녀의 말이 제대로 들리지 않았다. 당장이라도 쓰러질 것만 같은 몸을 버티는 것도 벅찼다. 숨을 고르며 고개를 들자 대답을 재촉하는 무서운 얼굴이 눈앞에 있었다.

"저기 우리 아빠가 암인… 건가요?"

멍해진 머리로 간신히 그렇게 묻는 게 고작이었다.

"네?"

"저도 엄마도 오늘 처음으로 의사 선생님을 뵈러 온 건데…. 아빠가 암에 걸리신 거예요?"

그제야 그녀는 내가 아무것도 몰랐다는 사실을 깨달았는지 곤란한 표정을 지었다.

"죄송합니다…. 제가 착각했네요."

"하지만 방금…."

"일단 대기실에서 기다려 주세요. 시간이 되면 불러 드릴게요."

요란한 발소리로 가 버리는 뒷모습을 망연자실 쳐다볼 수밖에 없었다.

가까스로 걸어가 3인용 의자에 앉았다.

안내 방송이나 주변 사람들의 말소리가 왠지 멀게 들렸다. 실내는 춥지도 않은데 손끝이 아까보다도 덜덜 떨렸다. 이가 부딪치지 않게 악물어야 했다.

'어쩌지….'

간호사가 했던 말. 그건 착오였을까? 다른 가족과 헷갈린 건지도 모른다.

하지만 언급한 이름은 틀림없이 아빠였다.

아니, 그래도 항암제는 다른 병을 치료할 때도 사용하는 걸 수도 있었다.

"나츠미."

엄마의 목소리가 들리자 몸이 부르르 떨렸다. 돌아보니 엄마가 종종걸음으로 다가오고 있었다.

들키면 안 돼.

아직 암이라는 게 확실하지도 않잖아. 그렇게 스스로 침착하게 타일렀다.

"엄마."

미소를 지으려 해도 잘되지 않았다. 목소리는 평소처럼 나왔던 것 같다.

옆의 빈자리에 앉은 엄마는 심하게 동요하고 있었다.

"얘, 대체 무슨 말을 듣게 되는 거니? 아빠가 지난번 진단에서는 간이 안 좋다고 했는데…. 하지만 약도 처방해 주지 않았다고 했잖아."

이미 잔뜩 나쁜 상상을 했나 보다. 안절부절못하며 주위를 돌아보는 엄마의 손을 잡아주었다.

괜찮다. 이제 내 손은 떨리지 않는다.

"진정해, 엄마. 일단 의사 선생님 이야기를 들어봐야 알 수 있는 거잖아."

마치 나 자신을 타이르는 말처럼 들렸다.

곧 이름을 부르는 안내 방송이 들리며 간호사가 나와 작은 진찰실로 안내했다.

작은 책상 하나와 의자 4개만 놓인 방이었다. 벽에는 모니터가 있고 화면은 옅은 푸른색으로 빛났다.

노크도 없이 문이 열리더니 중년 의사가 종종걸음으로 와서 자리에 앉았다. 그리고 이어서 들어온 사람은 아까 날 상대해 준 간호사였다.

그녀는 나에게서 시선을 피한 채 의사 옆에 앉았다.

"이쿠타 씨 가족분 되시죠?"

지친 얼굴의 의사는 안경을 검지로 치켜올리며 엄마를 바라보았다.

"네."

"이쪽은 따님? 으음, 이쿠타 나츠미 씨 맞으세요?"

내 쪽으로 시선을 향했기에 고개를 끄덕였다.

의사가 모니터 옆에 놓인 키보드를 조작하자 엑스레이 사진이 나타났다. 옆에는 수치 같은 것이 여러 개 적혀 있지만 무슨 의미인지 알 수 없었다.

"이쿠타 하루히코 씨에게서 췌장암이 발견되었습니다."

아무 전조도 없이 고지된 병명.

옆에서 엄마가 "어… 말도 안 돼."라고 낙담했다.

의사는 그대로 화면에 나타난 사진의 일부를 가리켰다.

"정밀 조사 결과 췌장암 4기로 판명되었습니다. 4기… 다시 말해 말기 암입니다. 세포 검사 결과, 림프선과 간으로도 전이된 게 확인됐어요."

의사는 혈액 검사 수치와 세포의 검체 결과 등을 차례차례 사무적으로 설명해 나갔다. 중간에 엄마가 울음을 터뜨려도 설명을 멈추지 않았다. 나는 무의식중에 엄마의 등을 감쌌다.

간호사는 손에 든 차트를 내려다본 채 움직이지 않았다.

한차례의 설명이 끝났을 때였다.

"질문은 있으신가요?"

정중한 말투로 물었지만 머리가 어지러워 생각이 정리되지 않았다.

엄마의 울음소리만 실내를 가득 채웠다.

"질문은요?"

의사가 거듭 묻자 '정신 차리자.'라고 나 자신을 타이르며 고개를 들었다.

"아빠는 이 사실을 모르신다는 거죠?"

"그렇죠."

짧게 대답한 의사가 옆에 있던 간호사를 돌아보자 그녀가 한 장의 종이를 내게 보여 주었다.

"건강진단을 받을 때 제출하신 '확인서'입니다. 여기에 그렇게 적혀 있습니다."

의사 앞이라서인지 아까와는 달리 친절한 목소리였다.

잘 돌아가지 않는 머리로 간호사가 가리킨 곳을 보니 '건강진단에서 심각한 이상이 발견된 경우'라는 항목이 있었다. 그곳에는 '가족에게만 고지'의 선택란에 동그라미가 쳐져 있었다.

"그래서 오늘 오시라고 한 겁니다."

의사는 다른 질문은 없냐는 듯 나를 쳐다보았다.

"얼마나 심각한 건가요?"

"현재 의학으로 수술은 불가능합니다. 항암제 치료도 이 정도까지 진행되면 의미가 없고요. 남은 건 고통 없이 여생을 보낼 수 있도록 도와 드리는 것밖에…."

"말도 안 돼요!"

갑자기 엄마가 목소리를 높였다.

"어째서, 어째서요! 빨리 발견하려고 건강검진을 받은 거 아니에요?"

"심정은 이해하지만 하루히코 씨는 50대입니다. 젊을수록 진행도 빠르죠. 받아들이시고 남은 인생을 고통 없이 보낼 수 있게 돕는 것 말고는 다른 방법이 없습니다."

엄마의 흐느끼는 소리가 울리는 가운데 의사는 나를 향해 말을 이었다.

"남은 생명은 약 두 달 정도입니다."

그 말은 마치 사형 선고처럼 들렸다.


그리고 어느새 12월이 되어 있었다.

사실을 알게 된 며칠 뒤 그렇게나 건강하던 아버지가 처음으로 복부 통증을 호소했다.

"이상하게 아프네…."라며 배를 문지르고 있었다. 식욕도 없는지 "가을 타나 봐."라는 말도 했다.

췌장암은 통증이 없는 경우가 많다고 인터넷에 나와 있었다. 그때부터 난 틈날 때마다 인터넷을 검색해 지식을 얻었다.

겉보기에는 평소와 다를 것 없는 일상.

병에 관해 전혀 모르는 아빠는 계속 출근했다. 의사도 통증을 호소할 때까지는 평소대로 일상생활을 보내는 게 좋겠다고 조언했다.

엄마는 필사적으로 태연한 척했지만 이따금 불안한 표정이 나와 아빠에게 들키는 게 아닌지 조마조마했다.

나와 엄마 사이에 정해 둔 신호가 있었다. 그건 헛기침을 하는 거였다. 불안한 표정이나 태도가 드러나면 상대방에게 알려 주기 위함이다.

하지만 실제로는 나만 헛기침을 해댔다. 엄마는 정신을 하나쯤 잃은 사람처럼 보였다.

그 뒤로 어떻게든 치료할 수 있는 의사를 찾아보려고 엄마와 여러 병원을 돌아다녔다. 수많은 병원에서 이야기를 들어보았지만, 그때마다 절망과 함께 집으로 돌아와야 했다.

에시마에게는 모든 것을 털어놓았다.

무척 걱정하며 결혼식을 앞당기자고 이야기해 주었지만 도저히 그러자고 할 수 없었다.

그리고 12월 5일. 아빠는 회사에서 쓰러져 입원했다.

병원 현관을 지날 무렵엔 이미 밤이었다.

아빠는 의사에게 위궤양이라는 설명을 들었는지 우리가 도착할 무렵엔 태연한 모습이었다. 그러나 입원할 필요 없다고 우기는 아빠를 설득하고 석연치 않은 얼굴로 받아들이게 할 때까지 많은 시간이 걸렸다.

입원에 필요한 짐을 가지러 집에 갔던 엄마가 돌아왔기에 나는 집으로 향했다.

술렁이는 마음과 함께 집으로 돌아가는 길. 악몽을 꾸는 것만 같고 계속 아빠 생각만 났다.

이제 곧 집이 보이기 시작할 무렵이다. 저 멀리 사거리에 누군가가 서 있었다.

하얀 울타리를 등지고 선 사람은 아츠키였다.

이럴 때 죽음의 예고를 듣는다고 생각하니 반가움보다는 불안이 앞섰다. 나는 얼굴을 확인하자마자 달려갔다.

"나츠미."

내 이름을 괴롭게 부르는 아츠키를 보며 슬픔이 단숨에 밀려왔다.

그의 코트를 양손으로 붙잡으며 말하려는데 말보다 눈물이 먼저 흘러나왔다.

그제야 깨달았다. 내가 계속 울음을 참았다는걸. 계속 팽팽하던 실이 뚝 끊어져 버린 기분이었다.

그런 나를 보며 아츠키는 묵묵히 서 있었다.

"어째서…. 어째서 이렇게 늦기 전에 말해 주지 않은 거야?"

"미안."

사과하는 아츠키를 보며 "그래⋯."라고 퍼뜩 깨달았다.

"아직 늦은 게 아닌 거구나. 죽음을 피해 갈 방법이 있는 거지?"

아츠키는 죽음을 피하게 해 주려고 내 앞에 나타났다.

지금까지 왜 몰랐을까? 난 아빠의 죽음을 피해 갈 수 있어. 지금까지도 사오리와 하루미, 엄마의 죽음을 피해 갔으니까.

희망을 품으며 아츠키를 바라보았지만 그는 얼굴을 돌렸다.

"미안."

똑같은 말만 되풀이하는 아츠키를 보자 또 불안감이 고개를 들었다.

"무슨 말이야? 아니, 지금까지는⋯."

"네 아버지는 죽어. 그건 바뀌지 않아. 운명이야."

"말도 안 돼! 지금까지는 다 피해 갈 수 있었잖아!"

아츠키는 천천히 날 떼어내더니 비틀거리는 몸을 울타리에 기댔다. 거칠게 숨을 내쉬는 걸 보고 아직도 아츠키의 몸 상태가 안 좋다는 걸 깨달았다.

하지만 지금은 아빠를 살릴 힌트가 꼭 필요했다.

"아츠키⋯ 부탁이야. 제대로 설명해 줘. 제발 부탁할게."

눈물 때문에 눈앞이 흐려지는 바람에 고개를 깊이 숙였다.

"해마다 죽음을 피해 갈 수 있었잖아. 이번에도 무슨 방법이 있는 거지?"

아츠키는 숨을 고르듯 잠시 가만히 있다가 입을 열었다.

"아버지 일은 유감이야. 하지만 이건 바꿀 수 없어."

"그럼 왜! 왜 지금 나타난 거야? 아빠를 살릴 수도 없는데 왜 지금…?"

아츠키는 망설이듯 시선을 이리저리 돌리다가 결심한 듯 말을 꺼냈다.

"올겨울… 넌 죽게 돼."

"어…."

"지금까지 무슨 일을 겪었는지 떠올려. 도망치지 않고 제대로 마주하는 거야. 그렇게 하면 반드시 피해 갈 수 있어."

진지한 눈빛을 보며 나도 모르게 뒷걸음질 쳤다.

"무슨 말을 하는 거야?"

"넌 올해 꼭 성장해야만 해. 그러기 위해선 지금 벌어지는 현실을 받아들여야 하고."

"그만해!"

"마음이 죽는다는 말의 의미를 생각해 봐. 그건 누군가가 네 마음을 죽인다는 뜻이 아니야. 네가 자기 마음을 죽인다는 의미야."

"이제 그만해!"

소리친 나는 그대로 도망쳐 버렸다.

눈물이 하염없이 흘렀다. 이건 너무해. 이런 가혹한 현실은 너무하잖아.

어떻게 하면 돼? 어떻게 하면 아빠를 살릴 수 있어?

아빠 살리는 걸 포기하면 안 된다고 필사적으로 나를 타일렀다.

내가 할 수 있는 일을 하자. 아빠가 살아남을 수 있도록.

지금까지도 잘 해냈으니까 이번에도 괜찮을 거야.

얼마 안 되는 희망일지라도 난 그걸 어떻게 해서든 붙잡고 놓지 않고 싶었다.


아까부터 병실에선 부모님이 말다툼하고 있었다.

아빠가 입원하고 첫 번째로 맞는 일요일 저녁. 창밖으로 보이는 주황빛 석양이 잦아들면서 도시의 밤 풍경은 점점 검붉은색으로 가라앉았다.

"좋은 병원이래. 그러니까 옮기자, 여보."

엄마는 병원 팸플릿을 몇 번이고 펼쳐 보이며 설명했다. 입은 웃고 있지만 눈빛은 진지하기 그지없었다.

"됐어. 이 병원도 제법 쾌적한데 뭐."

"그건 나도 알아. 그래도 조금이라도 유명한 의사 선생님이 계신 병원이 더 빨리 나을 거 아냐?"

"그렇게 오래 입원할 것도 아니고."

둘이서 말다툼을 벌일 때는 늘 이런 식이었다. 엄마의 세찬 공격을 아빠는 어물쩍어물쩍 피해 갈 뿐이다. 하지만 이번만큼은 아빠가 져 줘야만 했다.

"아, 정말. 왜 이해를 못 하는 거야."

말투가 거칠어진 엄마에게 헛기침으로 신호를 보내자 퍼뜩 놀란 다음 억지 미소를 지어 보였다.

엄마가 찾아낸 근처 도시의 종합병원에는 이미 나도 엄마와 함께 이야기를 들으러 가 보았다. 실제로 4기 암 환자의 생존율로 따지면 전국 최고 수준이라고 했다.

그 말을 들은 엄마는 당연히 병원을 옮기고 싶어 했고 나도 대찬성이었다.

이제 아빠만 설득하면 된다는 생각에 작전을 짰다. 하지만 원하는 결과를 얻기 힘들 것 같았다.

"저기, 아빠."

내가 부르자 아빠가 굳게 다문 입꼬리를 내리며 나를 보았다.

"엄마 말대로 해 보는 게 어때? 그러면 빨리 나을 수도 있잖아."

일부러 최대한 가벼운 말투로 이야기했지만 아빠는 수긍하지 않았다.

"그냥 위궤양이라잖아. 이제 아무렇지도 않은데."

"진통제가 안 듣는다고 밤마다 너스콜 누르는 거 다 알거든?"

"아, 뭐야. 너까지 쌀쌀맞게."

아하하 웃는 아빠가 정말 이제 곧 이 세상에서 사라지게 되는 걸까?

안 돼, 안 돼.

스스로 타이르면서 아직도 설득 중인 엄마를 더 거들기 위해 둥근 의자에서 일어섰다. 그러자 아빠는 머리 위로 이불을 뒤집어써 버렸다.

"이 이야기는 이제 끝. 여보, 미안한데 집에 가서 연하장 좀 가져다줄래?"

"지금 시기에 연하장은 왜?"

엄마가 어이없다는 듯 말하자 아빠는 이불에서 얼굴만 쏙 내밀었다.

"빨리 써놔야 정월 아침까지 도착하지. 됐으니까 어서 가서 가져와 줘."

"지금부터 써놓는다고?"

"그래, 지금부터."

난감해하는 엄마가 내게 시선을 보냈다. 지금은 일단 그렇게 하자는 뜻으로 고개를 끄덕여 보이자 엄마는 석연찮은 얼굴로 병실을 빠져나갔다.

내가 한숨과 함께 둥근 의자에 앉자 아빠가 이불을 걷어내며 몸을 일으켰다.

"아아, 네 엄마 잔소리 때문에 못 살겠다."

장난꾸러기처럼 웃는 아빠를 보며 나도 따라 웃고 말았다.

"엄마는 걱정돼서 그러지."

"나도 아는데, 너무 과한 걱정이야."

어깨를 으쓱거린 아빠가 얼굴을 살짝 찡그렸다. 날이 갈수록 안색은 안 좋아지고 있다.

"아파?"

"별거 아냐. 그보다도 결혼식 일정은 정해졌니?"

생각지 못한 화제가 나오자 말문이 막힌 나는 얼버무리듯 고개를 갸웃거렸다. 아빠의 병을 알게 된 뒤로 에시마는 식을 빨리 올리자고 했다.

나도 아빠에게 웨딩드레스 입은 모습을 보여 주고 싶긴 했다. 하지만 그러자는 말이 쉽게 나오지 않는 건 왜일까.

"만약에… 말인데. 내가 날짜를 당겨서 내년 초쯤 결혼하면 아빠는 어떨 것 같아?"

아빠가 눈을 동그랗게 떴다.

"내년 초? 봄에 한다지 않았어?"

"원래는 그럴 예정이었는데…."

애매하게 얼버무리는 날 말없이 쳐다보던 아빠가 "나츠미." 하고 입을 열었다. 평소의 익살스러운 말투가 아닌 굉장히 침착한 목소리였다.

"날 결혼식의 구실로 삼지 마."

"그런 게…."

"아빠는 네가 지금 행복하다면 그걸로 됐어. 물론 네가 웨딩드레스 입은 모습을 보고는 싶지만 나 때문에 서두르지 않아도 돼."

"어?"

고개를 들자 조용한 슬픔에 잠긴 눈동자가 보였다. 제대로 반응하지 못하고 굳어 버린 내게 아빠는 훗 웃어 보였다.

"그래도 역시 죽는 게 무섭긴 해."

"아빠?"

"아빠는 겁쟁이라 의사에게 알려 주지 말라고 한 건데, 네 엄마 연기력이 엉망이라는 걸 깜빡 잊고 있었어."

"아니야…."

옛날부터 거짓말을 할 때는 작은 목소리가 나와 버린다. 아빠는 괜찮다는 듯 빙긋 웃었다.

"어제 선생님에게 부탁해서 알려 달라고 했어. 그러니까 이제 안 숨겨도 돼."

"그럴 리가…."

"너한테도 걱정만 끼쳤네. 엄마가 폭주할 때마다 헛기침으로 신호하는 건 네 아이디어 맞지?"

울면 안 된다는 걸 알지만 순식간에 눈물이 앞을 가려 버렸다.

"아빠가 안다는 거 엄마한텐 비밀이야. 분명히 자기 잘못이라고 생각할 테니까."

"…병원 옮기는 건?"

침대에 벌렁 드러누운 아빠는 아픈지 얼굴을 찡그렸다.

"안 해."

"그래도….”

"더 이상의 치료는 됐어. 선생님이 나중에 호스피스로 옮기는 걸 생각해 보라고 했으니까, 일단은 그쪽을 검토해 보려고. 이제 부터 통증은 점점 심해진다고 하니까 말이야. 아빠는 조금이라도 너하고 네 엄마가 안심하면서 지켜봐 주길 바랄 뿐이야.”

눈을 감은 아빠에게 무슨 말을 하면 좋을까?

나는 뚝뚝 떨어지는 눈물을 닦아냈다.

아빠는 전부 알고 있었어….

자기 죽음을 선고받았으면서 엄마와 나를 신경 쓰고 있었다.

"행복한 인생이었어. 호들갑일지 모르지만 나 지금은 기분이 후련해. 너도 이제 좋은 사람을 만났고.”

아빠는 그렇게 말하더니 정말로 행복하다는 듯 웃었다.


그리고 12월 중순, 생각보다 빠른 시기에 아빠는 호스피스로 옮 겼다. 아빠는 마지막까지 이 병원에 있고 싶어 했지만, 입원 기간 이 정해져 있다는 말에 어쩔 수 없이 동의해 주었다.

명목상으로는 길어진 병을 치료하기 위함이었다. 엄마는 자기 의 연기력이 아직도 아빠에게 들키지 않았다고 믿는 눈치였다.

호스피스로 옮기고 곧 음식을 먹을 수 없게 된 아빠는 날마다 야위어갔고, 지난 며칠은 계속 잠들어 있을 때가 많았다. 깨어나 있을 체력조차 없는 것이다.

링거액이 아빠의 몸에 규칙적으로 수분을 공급해 준다.

면회 시간이 곧 끝나가는지 병실 안에 안내 방송이 들렸다. 오늘 엄마는 한발 먼저 집에 돌아갔다. 처음엔 엄마와 하루씩 교대로 찾아오던 병문안도 최근엔 거의 매일 온다.

"그만 갈까?"

에시마의 말을 듣고 내가 몸을 일으키는 소리에 아빠가 천천히 눈을 떴다.

멍하니 천장을 바라보다가 얼굴을 이쪽으로 향했다.

"아… 와 있었니."

"아빠. 몸은 좀 어때?"

"괜찮아. …아아, 에시마 군."

고개를 숙이는 에시마를 본 아빠가 입꼬리를 살짝 올렸다.

"안녕하십니까."

"와 줘서 고맙네."

목소리에도 힘이 없다. 매일 조금씩 아빠의 죽음이 가까워지는 걸 실감하고 있었다.

"방금… 꿈을 꿨어."

"꿈?"

내가 묻자 아빠는 가볍게 고개를 끄덕거렸다.

"네가 화재에 휘말리는 꿈이었어. 아빠는 필사적으로 구하려고 했는데… 손이 닿질 않았어."

"화재?"

그 단어만으로 그날 밤 일이 선명하게 되살아났다. 몇 년이 지나도 기억이 사라지지 않는 건 그때가 내 다잉 포인트였기 때문일지도 모른다.

그 화재가 있던 날 밤에 아츠키와 만난 덕분에 조금씩 나는 바뀌어 갔다.

도망치는 걸로 나 자신을 보호하던 내가 서툴게나마 눈앞에서 벌어지는 일을 받아들이려 하고 있었다.

하지만 이렇게 슬픈 현실에 당장이라도 울어 버릴 것만 같다.

"꿈이라 다행이야."

안심한 듯 얼굴을 이쪽으로 돌린 아빠는….

"에시마 군."

내 옆에 있는 그에게 말을 건넸다.

"네."

"이제 나츠미를 지켜야 할 사람은 내가 아니야. …딸을 잘 부탁하네."

"네."

힘차게 고개를 끄덕이는 에시마가 아빠의 야윈 손을 잡았다.

"나츠미 씨는 제가 책임지고 행복하게 해 주겠습니다. 그러니 빨리 기운 차리셔야죠."

지금 아빠는 자기 인생을 마무리하고 있다. 그리고 난 그걸 지

커볼 수밖에 없었다.

정말 이대로 괜찮은 걸까? 내가 할 수 있는 일은 아무것도 없는
걸까?

간호사의 재촉에 병실에서 나올 때까지 나는 아무 말도 하지 못
했다.


아츠키는 갑자기 나타났다.

크리스마스 이브의 일요일 아침은 슬플 만큼 맑은 날씨였다. 혼
자 호스피스에 가려고 역 앞에서 갈아탈 버스를 기다리는데 가드
레일 옆에 쪼그려 앉은 아츠키가 보였다.

그는 지난번보다 안색이 안 좋았고 마른 몸을 반으로 접듯이 고
개를 숙이고 있었다. 그는 나를 보더니 히죽 웃었다.

"왜 그래? 몸이 안 좋아?"

"아니, 그냥. 이렇게 있으면 풍경이 다르게 보이거든."

무리한다는 걸 바로 알 수 있었다. 하지만 그보다는 아빠가 더
걱정이라 난 애매하게 고개를 끄덕였다. 휴우, 한숨을 쉬며 나도
콘크리트 바닥에 쪼그려 앉았다.

고개를 들어 하늘을 올려다보는 아츠키를 따라 나도 하늘을 보
았다.

여름보다 엷은 색의 하늘이 빌딩 사이로 보였다. 이렇게 좋은
날씨인데 기분은 계속 흐린 채로 하루하루를 보내고 있다.

"아버지는 어때?"

"어떻냐니…. 이제 아무것도 할 수 없는 거잖아?"

지난번에 화를 냈던 걸 후회하면서도 그렇게 묻자 아츠키는 하늘을 올려다본 채 고개를 끄덕였다.

"미안해."

"아니야. 아츠키 잘못은 아니잖아."

그 누구의 잘못도 아니다.

하지만 이성의 끈을 놓지 않고 지낼 수 있는 건 아츠키 덕분인지도 몰랐다.

아츠키가 죽음의 예고를 해 준 덕분에 지금까지는 필사적으로 그걸 피해 가려고 노력해 왔다. 하지만 이번은 달랐다. 아버지의 죽음을 내가 어떻게 받아들여야 할지가 내게 닥친 시련이었다.

"아츠키. 나는 어떤 기분으로 지내야 해?"

"평소처럼 지내면 될 거야."

괴롭게 숨을 토해낸 아츠키가 말했다.

"평소처럼?"

아직 지나다니는 사람이 얼마 없는 아침 풍경. 행인들은 아주 가까이 있는 죽음을 알아차리지도 못한 채 걸음을 서두르며 지나쳐 갔다.

"아버지는 이제 죽음을 받아들이신 거지? 나츠미도 똑같이 하면 돼."

"그건 알지만, 매일… 아니, 그때마다 감정이 바뀌어. 갑자기 슬퍼지고 눈물이 나."

바람이 머리카락을 나부끼며 불안정한 마음을 갖고 노는 것 같다. 아츠키가 휴우, 숨을 내뱉은 뒤 불쑥 말했다.

"가까운 사람이 죽는 건 정말 슬퍼."

"아츠키도 가족을 잃은 적이 있어?"

"…응. 그래서 네 심정은 잘 알아. 과거로 돌아가서 운명을 바꾸는 건 어려워. 그렇다면 받아들일 수밖에."

조용한 말에는 무게감이 있었다. 아츠키 눈동자가 너무 촉촉해 보여 시선을 피했다.

"받아들일 수 있게 될 날이 올까…? 지금은 도저히 안 될 것 같은데…."

자문자답하는 내게 아츠키가 조용히 말을 꺼냈다.

"이런 말이 있어. 인간은 두 번 죽는다고."

"두 번?"

미간을 찡그리자 아츠키가 고개를 끄덕였다.

"내 소중한 사람이 옛날에 가르쳐 준 말이야. 첫 번째 죽음은 육체의 죽음을 말해. 그리고 두 번째 죽음은 그 사람을 아무도 떠올리지 않게 됐을 때 찾아온대."

"아무도 떠올리지 않게…. 잊힌다는 말이야?"

"맞아. 그래서 난 두 번째 죽음이 찾아오지 않도록 늘 그 사람을 떠올려. 그걸로 아픔이나 후회가 잊히는 건 아니지만 조금씩 받아들일 수는 있게 됐거든."

비슷한 일을 겪은 아츠키였기에 내게 아빠와 마주할 시간을 마련해 준 건지도 모른다.

그의 행동과 말에는 전부 의미가 있었다.

"나도 그렇게 될 수 있으려나…?"

"너라면 할 수 있어."

아츠키는 그렇게 말하더니 비틀거리며 일어났다.

"아츠키, 몸은 정말 괜찮은 거야?"

"지금은 나보다 자기 걱정부터 해."

무뚝뚝한 말에 나는 입술을 비죽 내밀었다.

"내일 회사는 하루 쉬고 제대로 배웅해 드려."

"어! 그 말은…."

갑작스러운 통보에 충격을 받으며 가드레일에 매달리듯 몸을 일으켰다.

"너라면 할 수 있어."

"내일… 거짓말이지? 진짜야?"

"한동안은 슬퍼해도 돼. 하지만 내년에 만나게 될 때까지는 제대로 극복해 내야 해. 그러면 넌 강해질 수 있을 테니까."

"아츠키…. 그래도, 그래도…."

내가 말하는데 아츠키는 기침을 심하게 했다. 그리고 그걸 얼버무리듯 내게서 등을 돌렸다.

눈물을 참는 내게 아츠키가 등을 돌린 채 말했다.

"강해져야 해. 너도. 그리고 나도."

난 눈물을 참으며 힘없이 사라지는 아츠키의 뒷모습을 바라볼 수밖에 없었다.


다음 날 오전 10시 20분.

아빠는 나와 엄마가 지켜보는 가운데 숨을 거뒀다.

마지막은 진통제를 맞으면서 잠들듯 심장이 멈췄다. 엄마가 울면서 "여보!"라고 부르짖는 가운데 의사가 사망 선고를 내렸다.

아츠키가 미리 말해 주었는데도 아직 각오가 되어 있지 않았는지, 난 그 뒤에 무슨 일이 있었는지 잘 기억나지 않는다.

망연자실한 기분으로 장례를 치렀다. 충격에 빠진 엄마와 나를 대신해 에시마가 장례 과정을 떠맡아주었다.

화장터에 도착할 무렵엔 진눈깨비 섞인 눈이 내리기 시작했다.

넓은 공간으로 관이 옮겨지고 그 너머에는 엘리베이터 문처럼 생긴 것이 여러 개 보였다.

"마지막 작별을 나눠 주세요."

직원의 목소리에 관 위로 국화를 올렸다.

문 하나가 열리고 그곳에 관이 들어가자 엄마는 양손을 맞대며 눈물을 흘렸다.

그렇게 해서 아빠는 문 너머로 사라졌다.


퍼뜩 정신을 차린 건 에시마의 목소리가 들렸을 때였다.

"괜찮아?"

유리벽 너머의 세계는 어제부터 잔뜩 내린 눈 때문에 새하얗게 변해 있었다.

우리는 화장이 끝나는 걸 기다리며 넓은 대기실에 있었다. 많은 소파에 상복을 입은 몇 그룹이 앉아 조용히 이야기 나누는 게 보였다.

에시마가 내 손을 잡아주었다. 나도 모르게 또 멍하니 있었던 모양이다.

"응, 괜찮아."

고개를 끄덕이다가 엄마가 없다는 걸 깨달았다.

"엄마는?"

"잠깐 누워 계셔."

"어? 몸이 안 좋으시대?"

"아니. 지금은 주무시게 두자. 계속 긴장하셨을 텐데."

일어서려다 에시마가 권하는 대로 다시 앉았다.

눈이 하염없이 내리고 있다.

아빠가 돌아가시고 벌써 며칠이 지났다는 게 실감 나지 않았다. 장례가 끝나면 나도 다시 일상으로 돌아가게 되는 걸까.

"에시마 씨, 회사는?"

"걱정하지 마."

내가 묻자 그는 어깨를 감싸주며 대답했다.

"그래도…."

아빠가 돌아가신 뒤로 거의 그와 함께 지냈다. 그걸 깨달으니 회사 걱정이 됐다.

"지금 회사보다 사과해야 할 일이 있어."

"사과?"

"실은 어제 사장님에게 결혼한다고 말했거든."

"아…."

에시마는 동요하는 내 어깨를 더욱 강하게 감쌌다.

"당당히 휴가를 받아 장인어른을 잘 보내 드리고 싶었어. 미리 말하지 못해서 미안해."

그렇게 말하는 에시마가 든든해 보였다.

내가 신경 쓰지 않도록 배려해 주는 에시마에게 고마웠다. 하지만 난 아직도 아빠의 죽음이 받아들여지지 않았다. 세차게 내리는 눈처럼 내 감정도 정리가 되질 않았다.

"난… 아빠를 제대로 보내 드린 걸까?"

"당연하지. 장인어른은 안심하신 것 같았어."

"그래…."

아직도 실감이 나지 않았다. 지금도 아빠가 아직 호스피스 병동에 누워 있는 것만 같았다.

"옛날에 할머니가 가르쳐 준 말이 있어."

에시마가 불쑥 말했다. 그는 따뜻한 눈으로 나를 보았다.

"사람은 두 번 죽는대."

"…응?"

숨이 막히는 듯했다.

바로 아츠키를 떠올렸다. 지난번 만났을 때 알려 준 말이었는데…

"첫 번째는 그 사람의 육체가 죽었을 때. 장인어른께는 지금이 그때겠지. 그리고 두 번째 죽음은…."

"그 사람을 잊어버렸을 때."

중간에 끼어든 나를 보며 에시마가 눈을 동그랗게 떴다.

"알고 있었어?"

"어, 응…. 그래서 잊지 않도록 해야 하는 거잖아."

동요하며 대답하는 내게 에시마는 쑥스러운 듯 어깨를 으쓱해 보였다.

"유명한 이야기였구나. 나도 장인어른을 잊지 않도록 늘 생각할게."

창밖으로 눈을 돌리니 아직도 눈이 내리고 있었다. 언젠가는 슬픔도 치유될 날이 오는 걸까?

난 그럴 수 있을 것 같지 않았다.

이윽고 엄마가 돌아오자 에시마가 장례 회사 쪽 직원과 이야기하러 자리에서 일어났다.

야윈 얼굴로 엄마는 구겨진 상복을 폈다. 한동안 아무 말 없던 엄마가 이윽고 입을 열었다.

"고마워."

갈라진 목소리로 꺼낸 말을 곱씹으며 엄마를 돌아보았다.

"마지막까지 아빠한테 안 들킬 수 있었던 건 네 덕분이야. 정말 고마워."

"아냐. 그보다 엄마는 괜찮아?"

아빠가 전부 알고 있었다는 건 엄마에게 비밀로 해 두는 게 나을 것 같았다.

"간신히 버티고 있지 뭐. 그런데 이렇게 슬플 줄 몰랐어. 아무리 울어도 눈물이 마르질 않네."

또 눈물을 흘리는 엄마 옆자리로 옮겨갔다. 그리고 아까 에시마가 해 주었던 것처럼 엄마의 어깨를 감싸주었다.

"정말 슬프다."

몇 년 전까지는 싫어했던 엄마와 지금 이렇게 슬픔 속에서도 편안하게 마주하고 있다.

"에시마 씨한테도 너무 신세를 졌네. 정말 어디서 저렇게 좋은 사람을 찾아냈니, 나츠미."

"내 말이…."

262

아빠 죽음의 과정에서 느낄 수 있는 일이 있었다. 이런 상황에 꺼낼 말은 아니지만 그래도 꼭 하고 싶었다.

"엄마. 49재가 지나면 에시마 씨랑 결혼하려고."

그게 지금 내가 진심으로 바라는 일이었다.

엄마는 "그러니."라고 반가워하더니 눈물을 닦아내며 웃었다.

"넌 행복해질 수 있을 거야. 이 엄마 딸인걸. 그리고 너희 두 사람을 보고 있으면 옛날의 엄마가 생각나. 엄마도 쭉 행복했거든."

"응."

"뭐, 엄마 아빠만큼 행복해질 순 없을 테지만."

"뭐래."

큭큭, 울면서 웃는 우리를 보며 어느새 돌아온 에시마가 눈을 동그랗게 떴다.

창밖 풍경으로 눈을 돌리니 눈발이 약해지면서 부드럽게 내려 쌓이고 있었다. 하늘 너머는 밝게 빛나며 얇은 구름 틈새로 익숙한 태양 빛이 모습을 드러냈다.

# 막간

내 첫 기억은 당신에게 안겨 있던 겨울의 추운 아침.

당신한테서 좋은 냄새가 났고, 화상 자국이 희미하게 남은 얼굴로 기쁘게 미소 짓고 있었다.
진심에서 우러나온 미소를 보며 안심했던 걸 기억한다.
하지만 그게 진짜 미소를 본 마지막 기억이 되었다.

방구석에 놓인 흑백 사진 속 당신은 역시 어딘지 모르게 슬픈 미소를 짓고 있다.
당신에게 미소를 되찾아 주고 싶어서 나는 몇 번이고 노력했다.
하지만 마지막까지 그건 이루지 못한 채 끝났다.

지금 난 당신의 마음을 지키기 위해 커다란 결단을 내렸다.
신은 분명 내 바람을 들어주시겠지.

이제 곧 당신과 만날 수 있는 첫 번째 겨울이 찾아온다.

## 29살

# 당신의 이름

그해에는 내 예상을 배신하고 12월이 되어도 아츠키는 모습을 드러내지 않았다. 보고 싶은 마음은 있지만 만나면 죽음의 예고를 듣게 될 것이다.

책상에 놓인 달력을 보니 오늘이 벌써 11일이었다. 예년 같으면 이미 만나러 왔을 시기인데 어떻게 된 걸까?

아침부터 구름이 잔뜩 끼어 있던 하늘은 저녁 무렵이 되자 눈을 흩뿌리기 시작했다.

하얀 세상을 스크린 삼아 멍하니 지난 1년을 회상했다.

아빠의 49재로부터 한참 지난 3월 하순에 나는 에시마와 결혼식을 올렸다.

가까운 사람만 초대한 소규모 결혼식은 지금도 떠올릴 때마다 미소가 지어진다.

신혼여행과 이사 마무리까지 어느새 반년 넘게 흘렀다. 그런데도 아직 익숙하지 않은 일투성이다. 요리나 빨래 같은 집안일뿐만 아니라 같은 맨션으로 퇴근하는 것은 물론 '여보'라는 호칭을 쓰는 것까지 한둘이 아니었다.

그 모든 일을 즐겁게 도전하는 내가 일기장에 기록되고 있었다.

업무 종료를 알리는 벨소리가 울리기에 PC 전원을 껐다.

출퇴근 카드를 찍고 돌아갈 준비를 하는데 에시마가 사무실에 모습을 드러냈다. 올봄에 개설된 지사의 지점장이 된 에시마와 직장에서 만나는 건 오랜만이었다. 그 지사와는 역 2개 정도 떨어진 거리였기에 요즘은 집 이외의 장소에서 얼굴을 마주칠 일이 거의 없었다.

휴일에는 함께 거리를 하염없이 걸으며 데이트했다.

나를 향해 똑바로 다가오는 에시마를 보며 주위에서 야유를 보냈다.

마치 고등학교에서나 볼 법한 광경이었다. 물론 그때의 난 구경하는 입장이었지만, 이렇게 당사자가 되고 보니 무척 낯간지러우면서도 행복했다.

"사장님이 불러서 들어왔다가 들러봤어. 이제부터 술자리에 끌려가야 하거든."

"그래? 오랜만이니까 재밌게 놀다 와."

주위 시선을 의식하며 작은 목소리로 말했다.

"눈이 내리기 시작했던데 혼자 갈 수 있겠어? 바닥이 미끄럽겠던데."

"괜찮아. 많이 쌓이기 전에 돌아갈 거니까."

가방을 어깨에 걸치는 나를 보며 에시마가 다행이라고 조용히 읊조렸다.

"어머, 이게 누구야? 에시마 씨가 여긴 웬일이에요?"

미카 팀장이 싱글거리며 다가왔다.

"오랜만이네요."

"에시마 씨, 조금 살이 찐 것 같은데요? 운동 좀 하셔야겠다."

미카 팀장의 말에 남아 있던 사람들이 웃음을 터뜨렸다.

"맞아요."

쑥스럽게 머리를 긁적인 에시마가 "그럼." 하고 재빨리 사무실을 빠져나갔다.

"내가 괜한 말을 한 건가?"

"아뇨."

내 대답에 미카 팀장은 한숨을 푹 쉬었다.

이럴 때는 불평의 방으로 이동이다. 눈빛을 교환한 뒤 탕비실로 들어가자 미카 팀장은 "좋겠다…." 하며 눈을 가늘게 떴다.

"에시마 주임…, 아차. 지점장님도 행복해 보이고, 나츠미도 눈에 하트가 가득하잖아."

"아니에요."

겸손을 떨면서도 본론이 그게 아니라는 건 잘 알았다. 여기는 다름 아닌 불평의 방이니까.

미카 팀장에게 이야기를 재촉하듯 묵묵히 있자, "실은 말이지…." 하고 그녀가 겨우 말을 꺼냈다.

"퇴사하려고 생각 중이거든."

"에이, 또 그러신다. 그런 농담 재미없어요."

"난 진지해."

짧은 말과 함께 분위기가 바뀌었다.

"왜요? 팀장님이 안 계시면 곤란한데요."

"이제 충분히 일할 만큼 일했으니까 잠깐 취미생활을 좀 해 보려고."

"취미요?"

"응. 이래봬도 젊었을 때는 배낭여행을 좋아해서 여러 곳을 많이 다녔거든. 몸이 더 약해지기 전에 세상을 좀 더 구경해 보고 싶어. 하루 이틀 생각한 게 아니야."

설마 그런 이야기일 줄은 몰랐기에 어쩔 줄 모르고 있자….

"그런 표정 짓지 마. 나도 일단 열심히 인생 계획을 짜면서 살아온 사람이라고. 설마 정년까지 쭉 일만 하면서 살 줄 알았어?"

미카 팀장은 장난스럽게 한쪽 눈썹을 치켜올렸다.

"그런 건 아니에요. 그런데 팀장님이 안 계신 우리 회사는 상상이 안 되네요."

솔직하게 말하자 미카 팀장은 입술을 꽉 깨물었다. 하지만 그것도 잠시 이내 입가에 미소를 지으며 말했다.

"괜찮아. 좀 더 생각해 보고 나서 결론을 낼 거니까."

미카 팀장이 내 어깨를 듬직하게 툭툭 치더니 탕비실을 나갔다.

내 자리로 돌아오니 사오리가 아직도 책상에 앉아 있었다.

오늘 집에 미즈노의 어머니가 와 있다고 한다. 고부 갈등에 대한 불평을 지금까지도 많이 들어왔기에 금세 납득했다.

"무슨 일 있어? 표정이 안 좋은데."

그렇게 묻는 사오리에게 미카 팀장의 일을 설명했다.

가볍게 맞장구를 치며 듣는 사오리는 싱글 시절과 다를 바 없이 애 엄마라는 게 믿기지 않을 정도로 예뻤다.

"자기 삶의 방식을 제대로 생각하면서 산다는 게 참으로 미카 팀장답네."

"그래도… 곤란해."

금방이라도 울 것 같은 나를 보며 사오리가 두꺼운 입술을 치켜 올리며 웃었다.

"옛날엔 그렇게나 싫어하지 않았던가?"

"그, 그건… 내가 아직 철이 없을 때 얘기고."

"나이를 먹을수록 보이는 게 있는 법이지. 나도 최근에 많은 걸 느끼고 있어."

사오리가 경험에서 우러나온 말을 하자 내 입에서 휴우, 한숨이 나왔다.

"그렇게 어두운 표정 짓지 말래도. 너야말로 조만간 아이가 생길지도 모르잖아? 긍정적인 인생의 선택이면 끝까지 응원할 수 있어야지."

사오리가 무슨 말을 하는지 잘 알았다. 하지만 쓸쓸해지는 마음을 이론으로 해결할 수는 없다.

사오리와 회사 앞에서 헤어진 다음 난 우산을 쓴 채 걸었다. 굵은 눈발은 거리를 평소와 다른 풍경으로 바꾸었다. 거기에 녹아들듯 걷다가 문득 바로 옆에서 한 남자가 보였다. 인도에 둘이 나란히 걸으면 폐가 될 것 같아서 걸음을 늦추자 옆 사람도 같이 속도를 늦췄다. 반대로 빨리 걸으면 나란히 따라왔다.

의아하게 생각하며 우산을 치켜들고 옆을 봤다.

"아츠키?"

다름 아닌 그였다.

"오랜만이야."

"아, 응."

우리는 걸음을 멈추었다. 아츠키는 우리가 처음 만난 빌딩을 가리켰다.

"할 말이 있어."

'올해도 드디어 온 건가.'

270

나는 체념과 기쁨이 뒤섞인 묘한 감정이 일었다.

처음 만났던 빌딩 입구로 걸어가다 문득 불안해졌다.

지금 모습을 에시마가 보게 되면 어떻게 생각할까? 회사 사람들이 보면 불륜으로 오해할 수도 있을 텐데….

나쁜 짓을 하는 것도 아닌데 죄책감이 느껴졌다.

빌딩에 도착하니 이미 내부 조명은 꺼져 있고 자동문도 반응하지 않았다. 곳곳에 부동산 회사의 '임대 문의' 안내문이 붙어 있었다. 불황 탓에 유령 건물이 되어 가는 건지도 모르겠다. 건물 입구로 들어서며 난 아츠키에게서 필요 이상으로 떨어졌다.

"저기, 말이야…."

내가 조심스럽게 입을 열었다.

"결혼 축하해."

아츠키가 어깨에 묻은 눈을 털어내며 먼저 말을 꺼냈다.

"고마워. 저기, 그래서 말인데…."

"이번이 마지막이야."

눈을 마구 깜빡거리는 내게 아츠키는 슬쩍 웃었다.

"혹시라도 아는 사람이 보고 불륜으로 오해할까 봐 걱정하는 거지? 여전히 단순하다니까."

"아니거든!"

내가 발끈하는 사이 아츠키는 얼굴에서 미소를 거두었다.

"드디어 기한인 12월 15일까지 이제 1년 남았어."

나도 생각하고 있었던 바다. 다가오는 그 기한의 정체가 애매하긴 해도 지금까지 아츠키의 예고는 전부 들어맞았으니까 믿을 수밖에 없다.

화재가 일어난 밤에 아츠키가 선언했을 때만 해도 상상하기 힘들 만큼 멀게만 느껴지는 미래였다. 그런데 그날이 어느새 코앞에 다가와 있었다.

살아갈 희망이 없던 그 무렵의 절망은 모래처럼 손가락 사이로 흘러내려 어느새 전부 사라졌다. 오히려 지금은 하루하루를 무너뜨리고 싶지 않고 죽고 싶지 않아 죽음에 대한 공포만 커졌다.

"6년도 금방이네. 올해도 죽음을 피해 가야 하는 거지?"

올해는 또 무슨 일이 벌어질까? 불안해지는 내게 아츠키는 천천히 고개를 가로저었다.

"올해는 네게 죽음이 찾아오진 않아. 그러기에 지금까지 있었던 일을 되짚어 볼 귀중한 시간이야. 물론 되짚어 보는 과정에서 네 마음이 상처 입게 될지도 몰라. 하지만 분명 극복할 수 있을 거라고 믿어."

"미안. 무슨 뜻인지 모르겠어."

이 정도로 진지한 아츠키의 얼굴은 처음 보았기에 불안해졌다.

갑자기 비틀거린 아츠키가 빌딩 벽에 등을 기대나 싶더니 괴로운 듯 가슴을 움켜쥐었다.

"아츠키?"

"…괜찮아."

아츠키의 갈라진 목소리가 하얀 숨이 되어 흩어졌다. 입구에서 흘러나오는 미약한 조명으로도 알 수 있을 만큼 피부는 창백했다. 지난 몇 년 동안 몸 상태가 내내 안 좋은 것 같았다.

"아츠키… 혹시 병에 걸린 거야?"

"신경 쓰지 마. 그보다도 지금까지 몇 번이나 시련을 극복해 온 감상을 듣고 싶은데."

왜 그런 걸 묻는지 의아했다. 하지만 지금까지 아츠키의 말에는 전부 의미가 있었다.

과거에 벌어진 일을 하나둘씩 떠올리며 솔직한 말을 떠올렸다.

"죽음을 피해 갈 수 있다고 해도… 역시 후회는 남는 것 같아. 아무리 상대의 마음을 똑바로 들여다보더라도 모든 게 깔끔하게 해결될 수는 없으니까."

내 말에 아츠키는 "맞아."라며 고개를 끄덕였다.

"살아가다 보면 어쩔 수 없이 다양한 문제가 생겨. 그걸 제대로 마주할 수 있는 것만으로도 커다란 후회를 짊어지는 일은 피할 수 있을 거야."

"그런 거야?"

"응. 운명은 바꿀 수 있었다고 믿어."

"운명이라고?"

그러면서 고개를 갸웃거리는 내게 아츠키는 하얀 숨을 허공에 날려 보냈다.

"내년에 넌 죽게 돼."

"응?"

"그래, 내년 12월 15일. 너에게 무척 중요한 일이 생겨. 그건 기쁨이자 슬픔…. 하지만 난 그때 더 이상 같이 있어 줄 수 없어."

"어… 왜? 그게 무슨 일인데?"

아츠키는 그 질문에는 대답하지 않고 도로 쪽을 돌아보았다. 사람이 많이 지나지 않는 좁은 길에는 점점 눈이 쌓여가고 있었다.

"나도 이제 힘을 다 써 버린 것 같아."

"아츠키…."

무슨 말인지 이해하지 못한 채 다가가는 내게 아츠키는 억지로 웃어 보였다.

아츠키는 평소의 담담하던 태도는 온데간데없이 힘겹게 말을 골랐다. 그리고는 불안에 휩싸이는 나를 안심시키려는 듯 말했다.

"그런 표정 짓지 마. 걱정할 필요는 전혀 없으니까. 앞으로 벌어질 운명을 그냥 받아들이면 돼. 지금의 너라면 분명 그것도 극복할 수 있을 테니까."

"모르겠어. 그 운명이 대체 뭔데? 나 혼자서 맞설 수 있는 거야?"

이렇게 묻는 내게 아츠키는 의외라는 표정을 지었다.

"무슨 소리야. 넌 언제든 혼자 맞서왔잖아. 난 조언을 해 줬을 뿐이고."

"대체 무슨 일이 벌어지는 건데? 아츠키, 대체 넌 누구야?"

불안감이 온몸을 휘감았다.

"지금부터 전부 알려 줄게. 하지만 나츠미, 이것만은 믿어 줘. 모든 걸 알게 되더라도 넌 이미 나와 만나기 전의 너와는 다른 사람이야. 지난 몇 년 동안 새로 태어났으니까."

괴롭게 숨을 몰아쉬는 아츠키를 보며 더 이상 물을 수 없었다. 아츠키는 빌딩 입구에 놓인 벤치에 백팩을 내려놓으며 앉았다. 나도 따라서 옆에 앉았다.

가방 안에서 몇 권의 두꺼운 노트를 꺼내는 걸 보며 숨을 멈추고 말았다.

"어? 잠깐!"

나도 모르게 목소리를 높였다. 그 노트들은 전부 익숙한 표지들이었다.

"이건 내 일기 아냐?"

놀라서 확 빼앗아 들자 표지에 'DIARY'라고 적힌 게 보였다. 그 밑에는 일자가 까만 펜으로 적혀 있었다. 틀림없는 내 글씨다.

하지만 뭔가 이상했다.

"이상하네, 이거. 옛날 노트는 확실히 내가 산 일기장인데 이건 뭐야?"

아츠키가 보여 준 것은 몇 권의 까만 가죽 표지 일기장이었다.

지난 몇 년 동안은 파스텔 컬러의 일기장을 골랐다. 이렇게 무거운색의 일기장은 산 적이 없다.

"나와 처음 만난 날. 이 빌딩 옥상에 있던 그 날밤. 그날의 일기를 봐."

시키는 대로 가죽 표지를 넘겼다. 금세 해당 페이지를 찾아냈다. 하지만….

"말도 안 돼. 이게 뭐야? 어떻게 된 거야?"

필적만 보면 내가 쓴 게 틀림없다.

하지만, 하지만…!

"다른 페이지에도 표시를 해 뒀어. 거길 읽어 봐."

그의 목소리가 이끄는 대로 페이지를 넘겼다. 일기 내용은 전부 처음 보는 것들뿐이었다.

나는 추위도 잊은 채 그 글자들을 필사적으로 읽어 내려갔다.

2019년 12월 5일 목요일

정신을 차리니 병원에 있었다.

화재에 휘말려서 큰 화상을 입었다고 한다. 온몸이 비명을 지르는 것처럼 아프다.

얼굴에 두른 붕대 안의 모습은 어떻게 어떻게 되었을지 무서워서 견딜 수 없다.

276

2019년 12월 11일 수요일

얼굴의 흉터는 언젠가 나을 거라고 의사 선생님이 조근조근 설명해 주었다.

하지만 소독할 때마다 눈에 띄는 흉터가 그리 쉽게 사라질 리가 없다는 생각이 든다.

그날 밤에 어째서 살아남은 걸까?

그렇게나 평범하고 지루하던 하루하루가 지금은 너무나 눈부시게 느껴진다.

이제 와 깨달아 봐야 늦었다.


2020년 12월 25일 금요일

사오리가 죽었다.

약을 너무 많이 먹어 그녀가 발견되었을 때는 이미 늦어 버렸다고 들었다.

결혼사기를 당한 것 같다고 누군가 말했다.

사오리는 얼굴에 희미한 흉터가 남은 내게도 친절하게 대해 주었다.

그런데도 난 그 애의 고민을 알려고 하지 않았다.

차라리 내가 죽어 버렸다면 좋았을 텐데.

나 같은 건 살아있어 봐야 아무 의미도 없을 텐데.

2021년 12월 16일 목요일

어째서 하루미가 죽어야 했던 걸까?

왜 더 빨리 하루미의 이야기를 들어주지 못한 걸까?

어째서 난 죽을 수 없는 걸까?

눈물조차 말라 버린 나는 몸과 마음이 다 죽어 버린 것 같다.

아무것도 느껴지지 않는다.


2022년 12월 13일 화요일

엄마의 장례식이 끝났다.

난 마지막까지 엄마를 용서하지 못했다.


2023년 12월 29일 금요일

아빠까지 돌아가실 줄은 상상도 못 했다.

왜 내가 아닌 다른 사람들이 사라지는 걸까?

이젠 죽고 싶다.

죽어 버리고 싶은데 어째서 난 계속 숨을 쉬는 걸까?


2024년 4월 17일 수요일

에시마 주임님과 결혼했다.

에시마 주임님에게 몇 번이고 프로포즈 받은 나는 분위기에 휩

쓸리듯 승낙하고 말았다.

혼인 신고서를 제출한 뒤에도 내겐 아무런 사랑이란 감정이 생겨나지 않았다.

왜냐하면 난 살아있어도 의미가 없으니까.

그 사람은 날 동정하고 있는 거다.

누구 하나 구하지 못했던 난 살아있을 자격이 없다.

에시마 주임님을 위해서라도 빨리 죽어 버리고 싶다.


거칠게 휘갈겨 쓴 글자가 흔들려 보였다.

일기장을 든 내 손이 떨리고 있기 때문이다. 아츠키가 내 손에서 노트를 다시 빼갔다.

소름이 돋아 양팔로 내 몸을 감쌌다.

"이건…."

바싹 마른 목에서 갈라진 목소리가 나왔다. 백팩에 노트를 집어넣은 아츠키는 그대로 힘이 다한 것처럼 벤치 아래에 주저앉아 버렸다.

"뭐야, 이게 뭔데?"

눈높이를 맞추려고 주저앉은 아츠키 앞에 무릎 꿇고 앉았다.

이건 말도 안 되는 일이었으니까. 일기에 적힌 일들은 내 기억에 없었으니까.

—화재 때 얼굴에 화상을 입지는 않았다.

—사오리도 무사했다.

─하루미도. 엄마도.

혼란스러운 머리로는 뭐가 어떻게 된 건지 하나도 이해할 수 없었다.

"나츠미."

힘없이 숨을 뱉는 아츠키의 눈동자가 나를 바라보았다. 진지한 눈빛에 나도 모르게 움찔거린 건 그의 입에서 무슨 말이 나올지 모른다는 공포심 때문이었다.

"이건 내 어머니가 적은 일기야. 다시 말해 당신이 쓴 일기야."

"내가…. 그게 무슨 소리야?"

혼란스러운 머릿속이 더 복잡해졌다.

"그 말을 어떻게 믿어. 왜 그런 거짓말을 하는 거야?"

다그치는 내게 아츠키는 걱정스러운 눈빛으로 "미안." 하고 중얼거렸다.

"그래. 믿기 힘들겠지. 하지만 전부 사실이야."

방금 내가 읽은 일기에는 분명 내가 모르는 미래가 적혀 있었다. 혼란스러운 머리로 "그래도…."라고 반박하려는 내게….

"내 이름은 아미세 아츠키가 아냐. 알파벳으로 적으면 이렇게 쓰게 돼."

아츠키는 얇게 쌓인 눈 위에 손끝으로 'AMISE ATUKI'라고 큼지막하게 적었다.

"응?"

"자, 한 번 거꾸로 읽어 봐."

"알파벳이니까… 'IKUTA ESIMA'. 앗…!"

"맞아. 거꾸로 하면 '이쿠타'와 '에시마'야. 내가 생각해 낸 가명이야. 그럴듯하지?"

아츠키는 자랑스럽게 살짝 턱을 들었다. 나는 여전히 망연자실한 심정으로 그 얼굴을 물끄러미 바라보았다.

아츠키의 눈빛에서 아련한 그리움이 느껴졌던 게 그런 이유 때문인 걸까?

"아츠키는… 내 아들…이라는 거야?"

"안 믿겠지만 맞아. 그래서 난 당신의 미래를 알고 있었어."

어느새 나에 대한 호칭도 바뀌어 있었다. 하지만 아츠키의 말을 순순히 믿기는 힘들었다.

아츠키가 내 자식일 리가 없다. 상식적으로 아니 과학적으로도 현실에서 이런 일이 생길 리가 없다.

필사적으로 부정해 보지만 생각이 정리되질 않았다.

대체 지금 무슨 일이 벌어지고 있는 걸까?

"시작은 화재가 난 그날 밤이었어. 그날 당신의 마음은 죽어 버렸어. 그게 모든 일의 원점이야. 얼굴에 흉터가 생긴 당신은 그 뒤로 잇달아 일어난 불행한 일 때문에 몇 번이나 자기 마음이 죽는 걸 지켜봐야 했어."

"그게 사오리와 하루미의…."

내 말을 인정하듯 고개를 끄덕인 아츠키가 힘겨운 듯 눈을 가늘게 떴다.

"내가 기억하는 아주 어렸을 때부터 당신은 이 세상 사람이 아닌 것만 같았어. 내가 무슨 짓을 해도 웃기만 하고 화내지 않았어. 그냥 숨만 쉬고 있을 뿐이었어."

"어째서…."

무슨 말인가 해야 할 것 같은데 예전의 나는 분명 살아갈 기력을 잃어버린 상태였다. 만약 불이 났던 그 밤에 심한 화상을 입었다면 설령 흉터는 사라졌어도 아츠키의 말처럼 마음이 죽어 버렸을 거다. 그걸 증명하듯이 아까 본 일기에는 그 이후의 미래가 그려져 있었다. 암울하고 살아갈 희망이 없는 하루하루. 그게 내 진짜 미래였던 걸까?

그렇게 절망밖에 없는 미래. 너무 무서워서 본능적으로 거부감이 들었다. 그렇다면 아츠키는 지금의 나와는 너무나 다른 나를 지켜보면서 자란 걸까?

전력 질주를 한 것처럼 숨이 턱까지 차올랐다.

"혹시… 아츠키와 만나지 않았다면 그 일기에 적힌 미래가 벌어졌다는 얘기야?"

그렇다는 듯 아츠키는 고개를 끄덕였다.

"당신은 죽은 것처럼 살고 있었어. 하지만 난 당신이 살아있기만 해 주는 걸로 충분했어. 언젠가 미소를 되찾길 바라면서. 그래야 나도 살아갈 수 있으니까."

입술을 깨문 아츠키의 눈동자가 슬픔에 젖어 있었다. 뭔가… 말로는 표현하기 힘든 불길한 예감이 들었다.

"하지만 당신은 주변의 모든 걸 적이라고 믿었어. 나와 아버지도 외면한 채 살아왔던 거야."

"그럴 리가…."

"그리고 2045년 12월 15일, 당신은 스스로 목숨을 끊었어."

날벼락을 맞은 듯 온몸에 찌릿 소름이 돋았다. 이제껏 한 번도 느껴 본 적 없는 충격이다. 가슴이 죄어들며 고통스러웠다.

말도 안 된다고 생각하면서도 내가 죽었다고 말하는 아츠키를 의심할 수는 없었다. 지금까지도 아츠키가 하는 말은 전부 사실이었으니까.

그 일기의 내용만 보면 확실히 그럴 수도 있을 것 같았다. 매년 벌어지는 비극에 점점 내 마음이 죽어 버렸다면….

"내가 자살했다는 건… 진짜야?"

"그날은 내 스무 살 생일이었어. 선천적으로 심장이 약한 나를 당신 나름대로 걱정하면서 키워 준 거라고 생각해. 하지만 한계에 다다랐던 거지."

그렇게 말한 뒤 가슴을 움켜쥐며 격렬하게 기침하는 아츠키. 내가 해 줄 수 있는 거라곤 등을 쓰다듬어 주는 것 정도였다.

"아츠키는… 심장이 안 좋아?"

아츠키는 대답하지 않고 극심한 통증을 견디듯 탁한 신음 소리를 냈다.

그날 기한이라고 말했던 '6년 뒤의 12월 15일'이 아츠키의 생일이었다. 그리고 그가 성인이 된 날에 나는 죽음을 선택했다.

그런 일은 상상해 본 적도 없었다.

내가 아츠키의 엄마고 그는 내 아들…이다.

이렇게 말도 안 되는 상황을 나는 조금씩 받아들이고 있었다.

간신히 호흡이 진정된 아츠키 목에서 휴욱휴욱 하던 소리가 멎었다. 그리고 그대로 침묵이 찾아들었다.

하염없이 눈이 내리는 소리만 들려올 만큼 조용하고 맑은 세계가 펼쳐졌다.

"아츠키는… 과거를 바꾸기 위해 날 찾아와 줬어. 맞아?"

"지난 몇 년 동안, 당신이 스스로 내린 선택 덕분에 인생은 크게 바뀌어 갔어. 힌트를 준 건 나지만 당신의 의지로 바꾼 거야."

만족스럽게 말하는 아츠키는 힘겨운, 하지만 자랑스러운 표정을 짓고 있었다.

'그렇지 않아. 아츠키가 있었으니까, 아츠키가 도와줬으니까 극복할 수 있었던 거야.'

그렇게 말하려다 문득 깨달았다.

"아츠키… 미래는 이렇게 바뀐 거잖아. 그럼 아츠키는 어떻게 돼? 아츠키는 어떻게 이렇게 엄청난 일을 해낸 거야?"

내 질문에 아츠키가 조용히 눈을 감았다. 갑자기 깊은 밤에 든 기분이었다.

"당신이 그랬듯이 내 운명은 내가 정해. 당신이 행복해질 수 있다면 아들로서 그보다 행복한 일은 없어."

가냘픈 목소리를 들은 순간 어두운 예감이 눈물이 되어 뺨을 타고 흘렀다.

설마… 설마?

"아츠키… 과거로 돌아가기 위해 어떤 대가를 치른 거야?"

부들부들 떨리는 목소리를 쥐어 짜내자 아츠키는 눈을 감은 채 미소 지었다.

"내년 12월 15일, 난 태어난 순간에 죽을 거야."

"그건…!"

격렬한 슬픔의 파도가 단숨에 밀려들었다.

"안 돼. 그건 절대 안 돼. 어째서, 어째서 그런 짓을…"

마지막 말은 끝까지 이어지지 못한 채 울음으로 바뀌어 버렸다. 내 행복 끝에서 기다리는 게 아츠키의 죽음일 줄은 상상조차 해본 적이 없다.

"부디 슬퍼하지 마. 내 몸은 어차피 곧 한계인 것 같아. 마지막으로 효도를 할 수 있어서 행복했어."

"…그, 그런 건 싫어."

양손으로 얼굴을 감싸는 나를 아츠키의 차가운 손이 어루만졌

285

다. 마치 그의 생명이 곧 끝날 거라는 사실을 예고하는 듯했다.

다급히 손을 잡아주며 내 체온으로 덥혀 주었다.

"부탁이야…. 이러지 마. 이제 겨우 행복해질 수 있었는데 이건 너무해."

"내 어머니는 이런 식으로 울어 준 적이 없었어. 알겠어? 지금 난 내 인생에서 가장 행복해."

그렇게 말하는 아츠키의 몸의 윤곽이 밤의 어둠 속으로 녹아들었다. 강하게 움켜쥐었던 손이 쓰윽 하고 허공을 갈랐다.

"이제 시간이 된 것 같아."

"안 돼! 부탁이니까 제발 가지 마. 제발 불이 났던 그때로 시간을 돌려 줘."

필사적인 외침에 아츠키는 "정말." 하고 웃었다.

"그러면 내 목숨 건 효도가 다 소용없어지잖아."

"아무 의미도 없어. 아츠키가 죽어 버리면 다 무슨 소용이야. 나 때문에 누군가가 죽게 된다니…. 그건 너무해!"

내가 우는 동안에도 아츠키의 몸은 점점 희미해지고 있었다.

어떻게 할 방법이 없는 걸까? 이건 정말 어쩔 수 없는 일일까?

"누구든 소중한 사람이 웃고 울면서 인간답게 살길 바랄 거야. 지난 몇 년 당신은 착실하게 살았을 테고. 그러니까 앞으로도 그렇게 살아갈 거라고 맹세해 줘."

목소리마저 멀어져 갔다.

하지만, 하지만…. 난 그 말대로 할 수 없었다.

"난 못 해…."

아츠키가 얼굴을 들어 따뜻한 눈동자를 내게 보여 주었다.

그의 눈가는 늘 나를 사랑으로 지켜봐 주는 에시마의 눈과 꼭 닮아 있었다.

"당신은 5년 동안 자기 힘으로 여기까지 왔어. 그러니까 내년에 생길 비극도 분명히 잘 극복할 수 있을 거야. 우리 만남에는 분명한 의미가 있었으니까."

"아츠키…."

"인간은 두 번 죽는 거잖아? 그 사실을 받아들여 줘."

나는 더 이상 말을 잊지 못한 채 그저 울고 있었다.

"믿겨? 난 20년 뒤의 미래에서 여행을 왔어. 이런 기적이 일어난 거야. 그렇다면 앞으로도 굳게 믿으면 분명히 만날 수 있을 것 같지 않아?"

"…."

나는 몇 번이고 고개를 가로저었다.

"살아가겠다고 맹세해 줘. 그리고 아직 보지 못한 미래에서 분명히 만날 수 있을 거라고…."

아츠키는 아주 행복한 듯이 그렇게 말했다.

이제 거의 보이지 않는 그의 모습을 필사적으로 눈에 새겨두었다. 이제 남은 시간이 얼마 없다.

"알았어. 믿을게. 믿을 테니까!"

내가 외친 목소리가 그에게 닿길 바랐다.

'하느님. 아츠키의 바람을 들어주셨다면 부디 저의 소원도 들어주세요.'

"아츠키, 난 포기하지 않아. 목숨을 걸고 날 지켜 준 널 꼭 구해낼 거야. 어떤 미래든 내가 바꿔 볼 거야!"

"고마워."

강한 바람이 불며 무심결에 눈을 감았다. 눈물이 뺨을 타고 흐르지만 신기하게도 마음은 평온해서 마음에 따뜻한 등불이 켜진 것만 같았다.

그리고 다음에 눈을 떴을 때 아츠키의 모습은 어디에도 없었다.

어두운 하늘을 올려다보니 굵은 눈송이가 더욱 세차게 내리고 있었다.

"아츠키…"

미래에서 온 내 아이. 나는 추위도 잊은 채 눈물을 흘리며 아츠키와의 기억을 떠올렸다.

# 30살

# 너와 만나는 12월

"에시마 씨, 아직 안 주무세요?"

간호사가 묻는 소리에 퍼뜩 정신을 차렸다. 인큐베이터에 있는 아츠키는 푹 잠들어 있었다.

수많은 관과 연결된 작은 몸을 유리 너머로 바라보면서 "괜찮아." 하고 말해 주었다.

"죄송합니다. 왠지 곁에 있어 주고 싶어서⋯."

"하지만 오늘 출산하셨잖아요? 쉬지 않으셔도 괜찮겠어요?"

"네. 여기에 있어도 될까요?"

"물론이죠."

빙긋 웃는 간호사는 아츠키를 반짝이는 눈동자로 바라보다가 나를 돌아보았다.

"귀엽네요."

"네, 정말로."

"그건 그렇고 신기하네요. 에시마 씨는 초능력자라는 소문이 있어요."

"네? 왜요?"

어리둥절하며 묻는 내게 간호사가 망설이다가 입을 열었다.

"그야 아츠키 군의 임신 사실을 알았을 때 성별도 모르는데 이름부터 지어줬잖아요? 게다가 처음부터 아기 선천성 심장 질환을 어떻게 알고 이 병원을 고른 거잖아요?"

"그건… 왠지 그럴 것 같은 예감이 들었을 뿐이에요."

얼버무리면서 나는 아츠키와 헤어진 후 벌어진 일들을 하나하나 떠올렸다.

나는 어떻게 해서든 내 미래를 바꾸고 싶었다.

그러기 위해 에시마를 설득해서 심장 질환을 전문으로 하는 큰 종합병원에서 출산하기로 했다.

"에시마 씨의 예지 능력 덕분에 아츠키 군도 무사히 태어난 거고요."

간호사는 미소를 지으며 인큐베이터에 손을 흔들었다.

"꼭 건강해질 거라고 믿어요. 기적을 믿고 싶거든요."

"맡겨 주세요."

뭔가 다짐하는 듯 나를 보던 간호사가 "어라?" 하고 내가 손에

든 것을 가리켰다.

"그게 뭐예요?"

"일기장이에요. 태어난 저 아이에게 제 인생을 들려주고 싶어서…. 이상하게 들릴지도 모르지만 제 오랜 꿈이었거든요."

인큐베이터 안에서 아츠키가 천천히 눈을 뜨더니 손을 움직이는 게 보였다. 작은 두 눈으로 처음 보는 세계를 느끼고 있다.

난 여기에 있어, 아츠키. 드디어 만났구나.

"일기요? 어떤 내용을 적으셨는데요?"

"지난 1년 동안의 일기예요. 아츠키에게 제 인생에서 지금까지 있었던 일을 요약해서 알려 주는 내용이에요. 많은 일이 있었지만 정말 행복한 하루하루거든요."

"대단하네요. 저는 뭐든 작심삼일이라 일기 같은 건 써 본 적이 없거든요."

아하하, 간호사가 웃으며 방에서 나갔다. 조용해진 실내에 아츠키의 울음소리만 들려왔다.

아까부터 되도록 보지 않으려 한 벽시계는 12시가 넘어 있었다. 다시 말해 12월 25일은 무사히 끝났다는 뜻이었다.

내 운명을 극복해 낸 것이다.

"아츠키, 첫 번째 기적이 일어났어."

말을 걸자 아츠키가 신기하다는 눈빛으로 이쪽을 쳐다보았다.

심장에 질환이 있다는 건 예상하고 있었다. 그래서 내 배 속에 있던 열 달 동안 내 나름대로 노력해 왔다.

이제 울지 않을게, 아즈키.

인큐베이터 유리에 손을 대며 사랑스럽고 그리운 얼굴을 바라보았다.

좌절할 것만 같을 땐 그 겨울에 벌어진 일을 떠올리면 된다. 아즈키가 자기 목숨을 던져 나를 구해 주었으니까.

그는 내게 기적을 일으켜 주었다. 이번엔 내가 그 기적을 일으킬 차례다.

난 기적을 믿으며 살아갈 것이다.

몸을 일으켜 창가로 가서 김에 흐려진 유리를 닦자 아즈키와 작별했던 날처럼 눈이 내리고 있었다.

12월에 너와 만났던 기억은 빛나는 미래와 이어지고 있어. 우린 결코 헤어지기 위해 만난 게 아니니까.

"이번엔 내가 구해 줄게."

결심을 입 밖에 내어 말하자 작은 생명이 나를 향해 방긋 미소 지었다.

당신은 불이 났던 그날 밤에 모든 것을 잃을 예정이었어.

색채를 잃어버린 세계를 죽은 듯 살아가다가 내가 성인이 된 것을 확인하고, 그 역할을 스스로 끝내려 했던 거지.

스스로 죽음을 선택한 당신을 난 원망하지 않아.

당신에게 겨울이라는 계절은 그 정도로 시련의 연속이었을 테니까.

당신을 보내는 의식이 끝난 뒤 서랍 안에서 일기장을 찾아냈어.

거기에 적힌 내용을 읽고 난 할 말을 잃었어.

당신의 마음이 해마다 조금씩 약해지는 모습이 극명하게 적혀

293

있었으니까.

겁먹은 눈으로 주위를 바라보고, 겁먹은 눈으로 자신을 책망하는 하루하루.


심장에 질환이 있는 내가 이제 곧 생명이 끝나리라는 건 알고 있어.

그렇다면 나와 당신의 인생은 대체 뭐였던 걸까?


난 당신을 구하고 싶다고 강하게, 강하게 바랐어.

결국 신은 그 마음을 받아들여 주었어.


내가 태어난 12월에만 과거로 돌아갈 수 있다는 것.

교환조건은 내 수명.

태어난 날에 죽을 운명으로 바뀐다는 걸 알면서도 난 망설임이 없었어.

누구나 가장 소중한 사람이 미소 짓길 바랄 테니까.


내가 당신을 구할 수 있을까?

절망 끝에 선 당신을 살고 싶다고 바라게 할 수 있을까?

하지만 그러기 위해서라면 난 뭐든지 하겠어.


이 선택이 운명이라면 우리의 만남에도 깊은 의미가 있다고 믿
고 싶어.

날 보는 당신의 슬픈 눈동자.

거기에 색채를 되찾아 주기 위해 난 과거로 여행할 거야.


내 목숨을 버리는 대신 당신에게 살아갈 용기를 줄게.


언젠가, 진실을 깨달을 겨울날.

당신이 웃을 수 있도록.

그러니까 기다려 줘요.


소중한 내 엄마.

휴대전화 소설 대상 수상작가 이누준 장편소설
# 이 겨울 사라질 너에게

**펴낸날** 2025년 1월 8일 1판 1쇄

**지은이** 이누준
**옮긴이** 김진환
**표지 그림** 타마키
**펴낸이** 이종일
**디자인** 바이텍스트

**펴낸곳** 알토북스
**출판등록** 1978년 5월 15일(제13-19호)
**주소** 경기도 고양시 덕양구 청초로 10 GL메트로시티한강 A동 A1-1924호
**전화** (02)719-1424
**팩스** (02)719-1404
**이메일** genie3261@naver.com

ISBN 979-11-988539-4-3 (03830)